Cactus

Rodrigo Muñoz Avia

Cactus

—Oiga, amigo, ¿por qué se ha metido usted en este lío?
—Conocí a un tipo que una vez se tiró desnudo contra un cactus. Le pregunté por qué lo había hecho y me contestó que en su momento le pareció una buena idea.

JOHN STURGES, *Los siete magníficos*
(Guion: WILLIAM S. ROBERTS)

1

Viajé a Estados Unidos durante el verano de 2009, huyendo de todo aquello que pudiera recordarme a mí mismo, a mi pasado y también, incluso, a mi futuro, un futuro que me aburría ya antes de haberlo vivido. Fue Lidia, mi prima, tan tenaz, siempre velando por mi estabilidad, la que casi me obligó a hacerlo.

—¿Cactus? —le pregunté.

—Cactus y suculentas. Les he dicho que eres un gran experto y que hacer ese curso es el sueño de tu vida.

Lidia es de esas personas que piensan que no pasa nada por mentir un poco si las cosas se hacen de corazón. Para ella, decir que yo era un gran experto en cactus era solo mentir un poco. Me había sacado de la cama, en un sábado que ya debía de ser de abril. Estaba muy exaltada al otro lado del teléfono.

—Lidia, falta mucho para el verano, estaba durmiendo —le dije. En realidad era incapaz de asimilar nada de lo que me había dicho hasta ese momento.

—He conseguido que te dejen una casita en Escondido Village, donde íbamos nosotros. El curso es barato, te gustará, no sabes cómo es Stanford para estas cosas. Jenny me ha insistido en que si no haces un curso, no puedes alojarte en el campus. Te va a encantar aquello. Me das mucha envidia, se me saltan las lágrimas solo de recordarlo.

—A mí se me saltan las lágrimas de pensar lo a gusto que estaba en la cama, Lidia.

Mi prima no dijo nada. Creo que realmente estaba llorando. Tiene una gran facilidad. A Lidia no le hacen llorar ni los alumnos ni ninguno de los especialistas en provocar el llanto ajeno que tanto abundan en nuestro colegio. A Lidia solo le hacen llorar los momentos de felicidad, ya sea suya o de las personas a las que quiere. En cuanto está muy contenta llora, es increíble. Es una persona bastante intensa. Está convencida de que el mundo está lleno de felicidad, y tiene un radar especial para detectarla.

La Universidad de Stanford está en California, en la bahía de San Francisco, al lado de Palo Alto. Palo Alto ofrece la mayor densidad de millonarios menores de treinta años de todo el mundo. Todos se metieron en algún garaje mientras estudiaban la carrera y se inventaron alguna chorrada de internet que los hizo ricos. Lidia siempre me hablaba de todo esto. Ella había pasado muchos veranos allí con su marido y sus hijos. Su marido es un científico reputado, pero él no se metió en ningún garaje para hacerse rico. En realidad es rico de familia, gracias a la conservera de anchoas de sus padres. A mí personalmente las anchoas me parecen una manera mucho más digna de hacerse rico.

Mi trayectoria personal en aquel año hizo que Lidia pusiera todo su empeño en mandarme a Stanford. Solo conociendo a Lidia puede uno hacerse idea de lo que esto quiere decir. Que me gustaran o no los cactus, que estuviera en condiciones económicas de afrontar un verano así, o que no hubiera manifestado en ningún momento interés alguno por una propuesta que consideraba tan ajena a mí eran, desde el punto de vista de Lidia, obstáculos menores.

—No quiero ir, Lidia, no se me ha perdido nada allí.

—Por eso mismo. En lugar de quedarte aquí lamentándote por todo lo que has perdido te propongo ir a un lugar donde no has perdido nada. Ya lo verás, allí nadie ha perdido nada, es impresionante. Solo miran hacia delante.

—¿Cuándo me he lamentado yo de algo? Aquí o en Pernambuco seguiré siendo el mismo, digo yo.

Me pareció oír un ruido.

—¿Mamá? —dije—. Mamá, cuelga ahora mismo, por favor. Te he oído.

Mi madre tenía casi ochenta años. Estaba sorda como una tapia. Era imposible mantener una conversación telefónica con ella y, sin embargo, le encantaba escuchar las conversaciones ajenas. Sorprendentemente, se enteraba de bastantes cosas. Lidia intervino y le dijo que se iba a acercar un día por casa para llevarle un par de frascos de anchoas, pero a mi madre no era eso lo que le interesaba. Tuve que asegurarle dos veces que no tenía ningún proyecto de viaje a Pernambuco, y que ignoraba por completo dónde se encontraba tal sitio. Luego, cuando mi madre colgó el teléfono, le dije a Lidia que ya hablaríamos de los cactus y de Estados Unidos, pero que difícilmente se podrían aunar dos conceptos que me interesaran menos.

Había sido un curso malo, tenía que reconocerlo. Las cosas empezaron a torcerse el día en que insulté a cuatro alumnos en una sola clase y el director me llamó a capítulo en su despacho. Eso fue en enero. Luego llegaron la gripe y las otitis que se me iban pasando alternativamente de un oído a otro. Mi cabeza retumbaba como una sandía hueca y el tímpano me crepitaba. No soportaba que mis alumnos hablaran a la vez. A uno le dije que si no se callaba en ese mismo momento haría huevo hilado con sus testículos. Quizá fue excesivo.

Más tarde, al comienzo de la primavera, el director me llamó de nuevo a su despacho y me dijo que al año siguiente no continuaría de profesor de Literatura en su colegio. Entre otras cosas estaba molesto porque en Navidades había puesto notable a un alumno que llevaba dos meses sin aparecer por el centro y porque unos padres me habían visto fumando con sus hijos cerca del aparcamiento. Salí del despacho del director y me fui a comer con el profesor de Religión de los pequeños. Comíamos juntos con frecuencia. Hicimos nuestro particular *ranking* de alumnos indeseables y luego hablamos de temas más elevados que él conocía mejor que yo: el panteísmo, la vida después de la muerte o la espiritualidad de los animales. En el cómputo total nos bebimos dos botellas de vino tinto. Él, media, yo, el resto. Después cogí el coche y de camino a casa me tragué una furgoneta en un semáforo en rojo que por algún misterio yo no había visto de ese color. Fue un desastre. Tras la multa me quedé sin coche, sin carnet y prácticamente sin dinero.

Llegué a casa bastante tarde (no sé si fue ese día, pero da lo mismo) y no encontré a Eva. Me extrañó. Bajé a preguntarles a mis padres, que vivían en el piso inferior de mi dúplex. Mejor dicho, era yo el que vivía con Eva en el piso superior del dúplex de mis padres. Eva había sido mi compañera en los últimos seis años. Había estudiado Bellas Artes y por entonces preparaba la tesis doctoral sobre un artista conceptual y aragonés cuyo nombre, la verdad, no viene al caso. Se suponía que lo que le gustaba era pintar, pero lo único que hacía era estudiar. Mi madre me dijo que se había cruzado con Eva en el portal. Que se iba el fin de semana a Zaragoza, a ver a sus padres. Pero no volvió.

La llamé por teléfono. Aunque era ella la que me abandonaba, adoptó completamente el papel de víctima. Dijo que yo ya no era la misma persona. Que era imposible intercambiar dos frases en serio conmigo. Que no le hacía caso. Que cada día me comprometía menos con las cosas y bebía más. Que no hacía más que rehuirla y en el fondo rehuirme a mí mismo. Que me estaba convirtiendo en un ser pasivo y conformista. Que no le plantaba cara a la vida y no asumía que yo también era responsable de las cosas que me pasaban. Que estaba harta de vivir en casa de mis padres y compartir la asistenta, la vajilla y la tortilla de patatas. Que para eso se iba a vivir con los suyos.

Fue muy convincente. Los primeros días llegué a creerme que a la pobre chica no le había quedado más opción que irse. Luego ya no sé muy bien lo que pensé. Creo que me entregué a un victimismo bastante lastimero. Unas dos semanas más tarde decidí llamarla para que entre los dos reconsideráramos la situación y habláramos despacio. Pero Eva ya no estaba en casa de sus padres, sino en casa del artista conceptual y aragonés. Aquello escocía bastante. Me había dejado solo, en el centro de la cama, con las sábanas y las mantas cada día más embarulladas.

Fue entonces cuando Lidia apareció en escena.

Lidia, además de mi prima, era profesora de Inglés en mi colegio. Fue ella la que, cinco años atrás, me recomendó al director. Primero fue capaz de convencerme a mí de que ser profesor de Literatura era una de las cosas que más me pegaban en el mundo. A mi favor tenía mis estudios de Filología y mi afición a la lectura, era cierto. Lidia pensaba que mis experiencias como dependiente de libros en la Fnac, como guía turístico por Madrid y como redactor en una revista de fotografía también me ayudarían en mi labor frente a los alumnos. «Todo suma, Agustín —me decía—, al director le sonará a música celestial oír que sabes inglés, aunque en principio no lo necesites». Sin embargo, yo solo encontraba elementos en contra: mi carácter, mi poca empatía con el mundo adolescente y mi desconocimiento total de la materia (hacía más de quince años que había terminado la carrera). En realidad, de los grandes autores sabía el precio con IVA de sus libros, pero poco más. «Qué importa —me dijo Lidia—, lo aprenderás», y algo así fue lo que debió de pensar el director del colegio. Creo que albergaba tanta confianza en Lidia que no necesitaba más razones para darme el puesto. Le bastaba con una: era primo de la más convincente y entusiasta de sus empleadas.

Ahora, tras los reveses de las últimas semanas, Lidia se sentía obligada a impulsar de nuevo mi vida. Ella no se creía responsable de lo que había sucedido, pero sí se creía responsable, siempre lo creía, de lo que podía llegar a suceder. De modo que si me había hecho pasar por experto en literatura en un colegio, pensaba ella, ¿por qué no me iba a hacer pasar ahora por experto en cactus en California? Para Lidia no había duda de que aquel momento de mi existencia era el idóneo para dar el salto americano, abrir mi mente y olvidar mis pesares entre estudiantes del mundo entero.

La cuestión es: ¿por qué le hice caso? Realmente, no lo sé. Creo que fue una mezcla de cosas y ninguna en particular. En cierto modo fue algo ciego, es lo que tiendo a pensar. También creo que hubo una especie de sabiduría interior de mi cuerpo, una certeza no enunciada de que un cambio le vendría bien. Y aunque la idea de que Lidia ejerciese de *tour operator* podía ser cansina por momentos, a decir verdad resultaba muy cómoda.

Además estaba el hecho de que mi madre me animara por todos los medios a quedarme en España. Me sugirió que, dado que ese año no tenía la compañía de Eva, a lo mejor podía ir con mi padre y con ella a Galicia en el verano, ya que la tía Celsa tenía muchas ganas de verme y quería reeditar la foto de familia con todos los primos, esa que llevábamos tantos años sin hacer.

—¿Por qué no cenas en casa, hijo? —me dijo un día—. Ya no tiene sentido que te empeñes en cenar solo todas las noches... Te basta con bajar las escaleras.

Fue el detonante. La tercera vez que me dijo esto, salí de casa y me acerqué a la librería del barrio. Había varios libros sobre el tema que buscaba, pero supe perfectamente cuál era el que mejor se adaptaba a mis necesidades. Su título era *Manual del experto en cactus*.

Por la noche llamé a Lidia.

—Lidia, estaba pensando una cosa: ¿las casas de Stanford tienen lavadora?

Se quedó en silencio. Supe que unas lágrimas grandes le nublaban los ojos al otro lado del teléfono.

Me deshice de unas cuantas cosas para financiar el viaje, sin demasiado dolor. Lo primero que vendí fue el coche, pero como no me dieron mucho más de lo que me había gastado en arreglarlo tuve que vender también todas mis cámaras réflex y el clarinete francés que mis padres me regalaron en la adolescencia, cuando ingenuamente me creí capaz de aprender a tocar un instrumento. Además, acepté de buen grado los tres mil euros que mi madre me ofrecía como respaldo. A cambio, eso sí, prometí llamarla regularmente para informarla de mi estado.

Lidia me lo organizó todo. Aunque llevaba siete años sin ir, conocía a mucha gente allí. Por mi parte fui dándome cuenta de que Estados Unidos, ese imaginario intangible que siempre había despreciado, empezaba a atraerme, por su carácter lejano, luminoso y casi indómito. Se me antojaba un país diferente a cualquiera que hubiera conocido hasta entonces. A los veintitrés años había malvivido un año y medio en Londres, donde, eso sí, había aprendido inglés. También aprendí a colocar cuatro rodajas de pepino en un sándwich en menos de dos segundos. Fui atraído por mi amigo Chano, que me ofrecía una habitación de su piso a cambio de que le ayudara a buscar discos, camisetas, gabardinas, pines y demás abalorios relacionados con los mods que luego quería vender en España. Fue divertido, lo malo es que a los dos meses Chano se largó y yo me quedé con el piso para mí solo. Trabajé en las cocinas de diversos tugurios, me lie durante unos meses con una camarera pakistaní con la que verdaderamente aprendí a hablar inglés, la busqué de día y de noche cuando ella también desapareció y volví a España con la certeza de que la experiencia había sido interesante, pero que ya nunca más querría repetirla.

Estados Unidos era otra cosa. Uno no iba a California a batirse con la vida, sino a reconciliarse con ella, así me lo imaginaba yo. Ya no tenía veintitrés años, ya no buscaba ningún límite de mí mismo, los conocía de sobra. Al contrario, pensaba que a lo mejor hasta era capaz de ponerme una gorra, tomar Coca-Colas y creerme que el mundo era un lugar sencillo en el que no merecían la pena las complicaciones. Era tan fácil como colocarse unos *shorts* y dar palmadas en la espalda de todo bicho viviente que te encontraras. Bueno, quizá no hacía falta llegar a tanto.

El inicio del viaje fue accidentado. Absurdo. Tanto que todavía me pregunto cómo no mandé todo a paseo y regresé a mi casa.

Mi vuelo a San Francisco, con escala en Toronto, estaba programado para el 24 de junio, dos días antes de que empezara mi curso de cactus en Stanford y un día después de que se acabaran las clases en mi colegio. El director me descontó de las vacaciones los días de junio que me saltaba y cuando nos despedimos exhibimos los dos, sin disimulos, nuestra recíproca satisfacción por dejar de vernos.

Hacía bastantes años que no visitaba un aeropuerto y me enervaron las esperas en facturación y en los controles de pasaporte, donde los pasajeros éramos ultrajados hasta niveles insoportables. Lo más sorprendente, sin embargo, fue comprobar cómo al energúmeno de mi piloto se le ocurrió despegar en medio de una de las tormentas más terroríficas que se recuerdan en Madrid. Como es lógico, algo debió de salir mal en la maniobra, porque a los dos minutos de levantarnos del suelo el tipo nos informó de que por problemas técnicos teníamos que volver a aterrizar. Saqué la caja de tranquilizantes que le había robado a mi madre para combatir el *jet lag* y me tomé un par de pastillas, por si acaso. Puestos a morir, es mejor hacerlo tranquilo.

De vuelta en Barajas fuimos nuevamente ultrajados durante unas cuantas horas por nuestra compañía aérea, aunque a mí me dio igual. Tenía ya tanto sueño por culpa de los tranquilizantes que solo anhelaba una superficie un poco horizontal sobre la que tumbarme sin resbalar. Alguien me contó que nuestro vuelo se posponía hasta las seis de la mañana del día siguiente, ya que había que esperar la llegada de otro avión desde Canadá. Por lo visto teníamos que coger de nuevo nuestras maletas y volver a facturarlas a las cuatro de la madrugada, para lo que apenas quedaban cinco horas. Recuerdo que fui con el rebaño dando tumbos de sueño hasta las cintas de las maletas. La irritación de la gente era considerable. Por si fuera poco, la aparición de las maletas se retrasó interminablemente. Por suerte, yo ya había encontrado una superficie horizontal.

Era una cinta de maletas. No la nuestra, sino la que estaba al lado. La terminal estaba muerta y ninguna cinta funcionaba en ese momento. En principio me senté, pero después de sentarme me tumbé, de eso no hay duda, y luego, de eso tampoco hay duda, me quedé dormido. Ya digo que fue todo un poco absurdo. Me despertaron un montón de voces que pasaban a mi lado. Resultaba que la cinta en la que estaba dormido se había puesto a circular y yo ni siquiera me había dado cuenta y estaba dando vueltas de cuerpo presente entre japoneses alarmados. Intenté levantarme, pero las placas que conformaban la cinta me habían pellizcado el pantalón y era imposible escapar de aquella alfombra mágica, miserable metáfora del eterno retorno. Tampoco los japoneses ayudaban mucho. Debían de pensar que aquella era la primera *performance* de cuantas les esperaban en la inquieta capital del ruedo ibérico. El recorrido se terminaba y me tumbé para atravesar una porte- zuela. Las cortinillas de plástico semirrígido que marcaban el límite me barrieron el cuerpo de pies a cabeza. En el exterior había un grupo de operarios que fumaban junto a un camión de maletas. Les costó superar su desconcierto inicial, pero al fin apagaron el circuito con un gran botón rojo. No sin cierta guasa, me acompañaron hasta una puerta por donde pude volver a entrar en la misma sala de las cintas. Entonces me di cuenta de que estaba des- calzo, solo con calcetines.

Mis dos maletas daban vueltas en su cinta, solas, junto a la marabunta de japoneses. En el mo- mento en que las cogía, un japonés me descubrió y me dedicó un aplauso al que en seguida se unie- ron el resto de sus compatriotas. Asentí como gesto de agradecimiento y, con la poca dignidad que me quedaba, me puse a buscar mis zapatos. No esta- ban. No estaban por ningún lado. Ignoraba si yo mismo me los había quitado mientras dormía, pe- ro era posible. Supuse que alguien los había visto por allí abandonados y se los había llevado. Me fui.

Tardé más de diez minutos en alcanzar el vestíbulo de llegadas, porque los calcetines resba- laban sobre el suelo y no había forma de tirar de las maletas. Confuso, ajeno a la posibilidad de abrir una maleta y sacar otro calzado, decidí quitarme los calcetines para obtener más adherencia. Si a la gen- te le divertía verme con ese aspecto, mejor para ellos. En cualquier caso, el aeropuerto estaba vacío.

Empecé a vagar descalzo por la terminal. Había perdido la ocasión de ir al hotel que la compañía había habilitado para los pasajeros de nuestro vuelo. No sabía cuál era, y al parecer nadie había tenido a bien despertarme de mi profundo sueño. E ir a casa, quedando menos de tres horas para que se abrieran los mostradores de facturación de mi vuelo, habría carecido completamente de sentido.

Me gustaba el frío del suelo en los pies. Llevar los pies al aire me hacía sentir otro, extrañamente distinto, como si además de los zapatos me hubiera quitado muchas más cosas. Estaba aletargado, desorientado, no sabía muy bien adónde iba ni por qué, pero el frío en la planta de los pies, al menos, señalaba una parte concreta de mi cuerpo y me unía al mundo más de lo que lo había estado en mucho tiempo.

Subí al piso de salidas y me acerqué a los mostradores de facturación de mi compañía. Estaban cerrados, aunque algunos pasajeros de mi vuelo, tan perdidos como yo, rondaban ya por allí. Entré al baño con las maletas. Pisar el cerco húmedo que rodeaba los urinarios no fue tan agradable, pero decidí ignorar ese aspecto. Estaba demasiado cansado. Al salir encontré un par de cajas de cartón vacías. Me las llevé y las abrí en el suelo, junto a una pared bastante oscura, no muy lejos de los mostradores. Dispuse las maletas a modo de tabique aislante y me tumbé a dormir sobre los cartones. Hacer las Américas estaba resultando más difícil de lo previsto.

2

El *Manual del experto en cactus* resultó ser un libro árido y de lectura tediosa, aunque no del todo ineficaz. Estaba escrito por Charlotte Fantin, una mujer francesa de gesto coqueto, piel tersa y pelo negro ondulado que no acababa de encajar en aquel contexto espinoso. Me pareció tranquilizador que hubiera gente como ella interesada en el mundo de los cactus.

Intenté leer algo sobre la historia evolutiva de aquellas plantas endémicas de América, pero no conseguía concentrarme. Por algún motivo me molestaba la presencia de la palabra *endémica* en un libro de cactus. Además, tenía sed. Llamé a la azafata y le pedí un whisky. Quedaban más de seis horas hasta Toronto, y más de catorce hasta San Francisco. La mañana en las alturas era excelente y no tenía sueño.

El whisky me devolvió, con mayor placer, al lugar de la lectura. Mi noción sobre los cactus estaba cambiando a velocidad vertiginosa. Hasta la fecha no habían pasado de ser esas horribles plantas que mi abuela alojaba en latas en su casa del pueblo, bultos peludos que se derramaban por encima de los envases de tomate frito y que, así lo pensaba yo de niño, no tenían otro fin que pinchar las pelotas con las que jugaba y pincharme a mí cuando me acercaba a recogerlas. Ahora resultaba, así lo decía Charlotte Fantin, que el cactus era un mecanismo perfecto. Decía que en condiciones extremas de temperatura y de calor, por ejemplo en un desierto, nada es capaz de extraer el agua del entorno y de preservarla mejor que un cactus. Me gustó que comparara el cactus con la olla exprés. Decía que una olla exprés, hermética por naturaleza, puede guardar indefinidamente el agua, en un desierto y en cualquier lado, porque evita la evaporación. Lo increíble del cactus, sin embargo, no es solo que conserve el agua, sino que además es capaz de sacarla de donde se supone que no la hay. Es decir, el cactus deja entrar pero no deja salir. La olla a presión, en su hermetismo, no deja entrar ni salir. Tenía su gracia. No podía quitarme de la cabeza la imagen de un desierto lleno de ollas exprés.

Tras la comida, muchos pasajeros bajaron sus persianas. Se atenuaron las luces de cabina y se creó un ambiente de siesta propio de una clase de párvulos. No me resultó muy serio, la verdad. Me quedé a solas con mi segundo whisky y con los cactus. Estaba a gusto, pero un rato después creí oír mi primer ronquido.

Cuando desperté, había bastante ambientillo en el avión. Las luces estaban encendidas de nuevo y las azafatas se disponían a repartir la merienda. Algunos pasajeros habían aprovechado para estirar las piernas en el pasillo, otros mantenían animadas conversaciones con sus vecinos. Me fumé un cigarro en el baño, de pie encima de la taza del váter, encorvado. Echaba el humo lo más cerca posible del extractor que había en el techo. Antes de salir fumigué el baño con una colonia de marca que debían de haber colocado allí las azafatas.

Un par de horas después decidí comprar cigarrillos falsos a la tripulación, con sabor mentolado e importantes dosis de nicotina en su interior. Ignoro por qué para esta operación se presentaron tres azafatas en comandita. Supongo que la consideraban peligrosa en cierto sentido (la relación con los fumadores siempre requiere algunas precauciones), o que les divertía asistir a lo que era una estafa en toda regla.

Casi antes de que pudiera darme cuenta, el avión estaba aterrizando en Toronto.

Los pasajeros con destino a Estados Unidos pasaban la frontera en el mismo aeropuerto de Toronto. Para muchas cosas, Canadá parece una parte más de Estados Unidos. Es como Andorra pero en grande. Esto quiere decir que tuve que rellenar cientos de impresos y luego vérmelas con la policía estadounidense. Los controles de seguridad europeos son un chiste al lado de los norteamericanos. Un policía estadounidense está entrenado para enfrentarse en las calles a delincuentes peligrosos, psicópatas y exconvictos armados. A los turistas los tratan igual. Dan por hecho que en cualquier momento puedes intentar sacar un arma y dispararles. Yo creo que si no lo intentas, los decepcionas.

El policía que, en su cabina, al otro lado de la ventanilla, revisó mis impresos respondía a todos los estereotipos del cuerpo al que pertenecía. En primer lugar estiró mucho el brazo para mirar mi pasaporte. Es decir, o tenía la vista cansada (cansada de qué, si no pasaba de los treinta) o apostaba por esa displicente postura como manera de afirmar la infinita distancia que separaba a un tipo como él de un tipo como yo. Rumiaba algo. En seguida deduje que era tabaco de mascar.

—¿Qué va a hacer en San Francisco?

—Voy a la Universidad de Stanford a hacer un curso.

—¿Dónde está eso?

—En Palo Alto, no muy lejos de San Francisco.

—¿Quién estudió allí famoso?

Supuse que pretendía ser un comentario jocoso y me reí un poco. Pero él no levantó la vista. La boca se le estaba llenando de saliva de tanto mascar tabaco. Creo que estaba a punto de escupir en mi pasaporte.

—No lo sé —dije.

Miró los impresos.

—Esta dirección que ha escrito aquí ¿es la de un hotel?

—Es una casa de alquiler en el campus, me la proporciona la universidad.

Reflexionó un momento.

—A los europeos les gustan mucho las universidades americanas.

Sonreí. Vi por el rabillo del ojo que en otras cabinas los pasajeros pasaban con relativa fluidez. Estaba claro que, a ojos del sistema, eran mucho menos sospechosos que yo. Después de todo, yo podía sacar un cigarrillo en cualquier circunstancia.

—¿A qué se dedica usted?

—Soy profesor de Literatura de enseñanza secundaria.

—¿De qué es el curso que va a hacer en esa universidad?

—De cactus.

Por fin levantó la vista de los impresos y me miró. No podía disimular la cara de satisfacción. Había encontrado algo. Su estrategia era preguntar y preguntar hasta que encontraba su pepita de oro.

—No parece muy relacionado con la literatura.

Conseguí no ponerme nervioso. La altanería de aquel tipo empezaba a cargarme bastante.

—No, no están muy relacionados.

—¿Seguro? —esta pregunta me desconcertó.

—En principio no están relacionados. Pero a lo mejor pueden estarlo.

Se quedó pensando.

—A mi madre le gusta la literatura —me dijo entonces.

—Ya. Los cactus son también muy interesantes —dije yo.

Creo que los dos habíamos perdido el hilo. Era evidente.

El policía asintió. Se quedó pensativo por un momento y me miró.

—¿Puedo hacerle una pregunta? —dijo, como si ninguna de las muchas preguntas anteriores mereciera tal nombre—. Mi novia es muy aficionada a las plantas, ¿usted cree que si yo le regalara un cactus...?

—Le encantaría.

—¿Sí?

—¿No tiene ninguno?

—Creo que no.

Me encogí de hombros y le miré, dando a entender que la conclusión era indudable. El tipo se acercó a la ventanilla.

—¿Usted podría decirme algún tipo de cactus especialmente adecuado para las mujeres? —su fachada bravucona parecía haber desaparecido de golpe.

—¿Adecuado para las mujeres? —repetí—. El que más pinche.

Aunque le llevó un tiempo, el tipo pilló la broma. Me señaló con el dedo como manera de reconocer mi mérito. Evidentemente, iba ganando estrellitas en su valoración.

—Los de pelusa no pinchan —le dije—, pero también son cactus. Si me permite, hay un ejemplar que a mí me gusta mucho.

Abrí la mochila y saqué mi *Manual del experto en cactus*. Busqué una foto muy llamativa que había visto en el avión: era un cactus de forma esférica, forrado de pelusa y salpicado de flores rosas.

La idea le pareció buena. Anotó la referencia, *«Mammillaria candida»,* en un papel, y sin levantar la vista selló mi impreso verde y me entregó la mitad. Aquel gesto rutinario devolvió la dureza a su rostro.

—Firme aquí y guarde este papel con el pasaporte. Sin él no puede transitar por Estados Unidos.

—Gracias.

Metí todo en mi mochila. Entonces vi que el tipo salía de la garita.

—¿A qué hora sale su vuelo? —me preguntó.

Cerró la garita y, sin importarle la cola de gente que se quedaba con un palmo de narices, me llevó hasta los siguientes controles que tenía que pasar. No eran precisamente pocos, porque los pasajeros que íbamos a Estados Unidos estábamos obligados a retirar nuestras maletas, pasar la frontera con ellas y volver a facturarlas después. Era un proceso muy pesado, del que ya me había advertido Lidia, pero que gracias al trato de privilegio que recibí se convirtió en casi nada. Tengo que reconocer que si yo hubiera sido uno de los ciudadanos perjudicados, no me habría hecho ninguna gracia ver cómo un poli colaba a un tipo por su cara bonita, pero evidentemente no estaba en condiciones de rechazar su ayuda. Quiero decir que si alguien considera que eres merecedor de que se te abran todas las puertas, tampoco vas a ser tú el que lo desmienta. De hecho, para él todo fue tan fácil y tan natural que ni siquiera aceptó que se lo agradeciera.

Sin perder un segundo (bastantes había perdido ya), se despidió de mí. Cuando se marchaba se dio la vuelta un momento.

—¿Tiene usted hijos? —se llevó la mano al bolsillo del pantalón, sacó su cartera, la abrió y me entregó unas cuantas pegatinas con el escudo del FBI.

Las cogí y dije:

—Para mi novia.

Ya marchándose se rio y me envió la punta de su dedo índice con complicidad.

Cuando llegué al aeropuerto de San Francisco era de noche, lo cual me desconcertó bastante.

Era muy raro. No sabía si era la noche del día siguiente o la del día anterior, o las dos unidas al mismo tiempo. Normalmente la noche es lo que va después del día, pero cuando viajas en avión eso no está muy claro. Intenté en tres ocasiones calcular la hora que era en España, pero no fui capaz. Mi propia nulidad mental demostraba que era muy tarde.

El taxi que cogí no era de los convencionales. Lidia me había hablado de un servicio de autobús de Stanford que en teoría me llevaría a la puerta misma de mi casa. Pero no lo encontré. Entonces un oriental se me acercó y me dijo que por noventa dólares me llevaba. Era bastante caro, aunque no pude resistirme a la comodidad de sus servicios. Su coche estaba en un aparcamiento subterráneo al que tuve que acompañarle. Llevaba el maletero lleno de cosas tan absurdas y dispares como un balón de rugby, un saco de tierra, un gato chino de cerámica o un montón de adornos navideños desperdigados. Él mismo se sorprendió de todo lo que había allí dentro y no le quedó más remedio que meter las maletas en el asiento del acompañante. Aquello, que el tipo no supiera ni lo que llevaba en su taxi, me pareció verdaderamente extraño, pero ya no iba a cambiar de opinión. En el asiento de atrás había un vago olor a devuelto que el ambientador no podía camuflar. Bajé la ventanilla.

No pude ver gran cosa del recorrido. Las autopistas eran anchas, los coches, muy grandes, poco más. En seguida empecé a sentir náuseas. Eran los movimientos del taxi, el ruido exterior, mi agotamiento, el olor a devuelto. Bebí un poco del agua que había comprado en la terminal, pero estaba demasiado fría. Intenté calentarla con mis manos. Estaba un poco harto de subir a tantos vehículos para llegar a un lugar que no sabía cuál era, cómo era, ni qué maldita función podía tener en mi vida si estaba tan sumamente lejos.

Un rato después salimos de la autopista y entramos en una zona muy verde. Ya estábamos en Palo Alto, la localidad de referencia del Silicon Valley. Lo primero que noté fue una bocanada de aire fresco y húmedo, que agradecí: los jardines, los riegos por aspersión, los árboles. En cuanto llegas a zonas de dinero, la temperatura baja unos cuantos grados. La velocidad de los coches también. El taxista se clavó en las veinticinco millas por hora que marcaban los luminosos y las respetó religiosamente. A los ricos no les gusta que los coches pasen muy deprisa por delante de sus casas y les atropellen a los hijos. A la policía tampoco.

Ya en el campus de Stanford, el oriental se lio un poco y dio unas cuantas vueltas alrededor de un estadio de fútbol americano. Todo el rato repetía en alto el nombre del lugar al que íbamos, Escondido Village, como si le sonara pero no tuviera ni la más remota idea de dónde estaba. Aunque mis náuseas eran crecientes, intenté solidarizarme con su situación y para colaborar en la búsqueda saqué uno de los mapas que me había dado Lidia.

Finalmente encontramos Escondido Village, unas filas de casitas de madera adosadas, con jardín común en el interior. El paraíso que Lidia había escogido para mi cuarentena americana. Le solté los noventa dólares al conductor y le di otros cinco de propina, por pura inseguridad. Me lo agradeció y se fue.

Hacía frío. No se veía un alma, aunque sí estaban iluminadas algunas ventanas en las casitas de alrededor. Me sentía con pocas fuerzas para arrastrar las maletas. Empezaba a tener escalofríos. Y sudor. Sudor frío. Cada vez más náuseas. Un sabor entre salado y ácido me inundó la boca. Me encontraba fatal, solo tenía ganas de tumbarme. Pensé en hacerlo dentro de la casa, pero todavía no había encontrado la llave. Aquellas residencias pertenecían a la universidad, aunque era muy habitual que durante el verano los estudiantes volvieran a sus lugares de origen y realquilaran, siempre con el control de Stanford, sus casas a otros estudiantes. En mi caso era un peruano el que me realquilaba, y me había dicho en un mail que me dejaba la llave en un árbol junto a la entrada. Al parecer había una casita para pájaros colgando de una rama y allí la dejaría. Según él, era un lugar muy seguro.

Solo la idea de buscar la llave me producía más náuseas. Me senté en el borde de la acera. Localicé el árbol con la mirada y también la casita. Me pareció que estaba muy alta. Respiré hondo, reuní fuerzas, me levanté y me acerqué al árbol. La dichosa casa de pájaros estaba a una altura indecente. Me estiré todo lo que pude y levanté el brazo, pero todavía me faltaba más de un metro. ¿Es que no había un sitio más fácil donde esconder la llave?

Me pareció tan absurdo que volví a sentarme en la acera. Ni siquiera una silla, aunque la tuviera, me serviría de nada. Me serviría para sentarme, eso sí, porque la acera me resultaba cada vez más insuficiente para mitigar mis náuseas. De pronto me pareció oír un ruido detrás de mí. Dos niños chinos estaban mirándome desde la puerta de la casa de al lado. Estaban en pijama. Cuando vieron que los miraba se metieron rápidamente por la puerta. Volvieron a salir. Me apresuré a llamarlos con gestos y me levanté de nuevo. Pensé que por una vez en la vida la infancia de unos seres humanos podría servirme para algo. Señalé la casita de pájaros donde estaba la llave y les indiqué un posible camino para subir por el tronco y caminar por una rama ancha. Hasta donde yo tenía entendido, los niños chinos eran unos grandes gimnastas, y aquel pijama ajustado sin duda favorecería sus movimientos.

Los niños me miraban a mí y miraban el árbol. Se reían y asentían, como si aquello les divirtiera mucho, pero no hacían nada. Insistí en que allí dentro estaba la llave de la casa, *the key*, y que si no podía sacarla, esa noche tendría que quedarme a dormir en el jardín. Se miraron entre sí, miraron el árbol, dijeron algo y entraron en la casa. Pensé que saldrían con una escalera o similar, pero no, salieron con un chino algo mayor que ellos, también en pijama. Cuando llegaron a mi lado comprendí que el nuevo chino rondaba mi edad, si no la superaba. Sin duda, se trataba del padre. Intenté explicarle al hombre la situación, pero no tuve mucho tiempo. Antes de que me diera cuenta, estaba subiéndose por el tronco y caminando por la rama gorda hasta la casita de pájaros. Metió la mano, pero no encontró nada. Entonces pareció advertir algo, dio la vuelta sobre sí mismo con una sonrisa y bajó del árbol con la misma facilidad con que había subido. A la izquierda de la puerta había una rama mucho más baja, perteneciente a otro árbol, de la que pendía otra casita de pájaros. El chino sacó la llave entre aplausos de sus hijos, a los que yo me sumé. Se rio mucho al entregarme la llave, hizo reverencias y se metieron todos en su casa. Días después descubrí que el chino era un matemático mundialmente famoso al que Stanford invitaba todos los veranos. Supongo que supo calcular con su mente cuál era la pendiente de la rama inclinada y que eso le ayudó de manera considerable en su ascensión al árbol. Lo de encontrar la otra casita fue una mera extrapolación.

Comprobé que la llave abría la casa y volví a por mis maletas. Los dos niños chinos estaban mirándome de nuevo desde la puerta de su casa. Busqué mi mochila, saqué las pegatinas del FBI que me había regalado el policía de Toronto y me acerqué a dárselas. Las cogieron y se metieron en la casa a toda velocidad. Las maletas no rodaban por el suelo de virutas de madera que había que atravesar. Tuve que llevarlas a pulso. Se me fueron todas las fuerzas en ello. Cuando al fin llegué a la puerta, me golpeó el sabor salado otra vez. Ya no pude evitarlo por más tiempo. Devolví, y aunque conseguí sortear mis propias maletas, no pude hacerlo con el felpudo. Sepulté las letras finales de la palabra WEL-COME. Que yo sepa, la palabra WELC no tiene significado alguno.

Los niños chinos me miraban otra vez desde su puerta.

—¿Eres policía?

Aunque la casa estaba completamente vacía, encontré un futón en uno de los dormitorios del piso superior. Solo quería tumbarme, y así lo hice. El futón no tenía los bultos muy bien colocados, pero lejos de intentar cambiarlo de forma, intenté cambiar la forma de mi espalda. Cerré los ojos.

Algunos recuerdos comenzaron a desfilar por mi pensamiento. Los vaivenes del primer avión, la cinta de maletas bajo mi espalda, el cactus del policía, la tradición gimnástica en la cultura china... Me sorprendió que estar tumbado en Stanford se pareciera tanto a estar tumbado en España. Empezar a dormirse también era muy parecido. Sin embargo, mi vida, la inagotable acumulación de desastres, todo lo que tuviera que ver de alguna forma con mi existencia de los últimos meses, la salvaguardia permanente de Lidia o de mi propia madre, el cansancio, la indiferencia, el tedio, la impaciencia, todo parecía quedar ya infinitamente atrás.

3

Era una luz nueva, sin filtros. Era como si el sol, al asomarse al oeste americano, viera al fin terreno libre y se expandiera a sus anchas. Supuse que los pioneros, cada mañana, tumbados al pie de sus carromatos, frente a los inmensos valles que divisaban desde las Montañas Rocosas, debieron de percibir una luz muy parecida a la que yo percibí esa mañana, y todas las demás que no tuve persiana, tumbado en el futón.

Eran las seis y pico y ya llevaba un buen rato tapándome los ojos con la mano. Desistí de permanecer más tiempo así y me fui a la búsqueda de un cuarto de baño. Luego me puse a recorrer la casa. Me gustaba su desnudez. Era una casa con cierto aire prefabricado, no muy grande pero sólida, de paredes blancas, frondosa moqueta y amplios ventanales. Lo que llamaba la atención era la escasa huella, en realidad nula, dejada por mis anfitriones, como si se hubieran dedicado a borrar a conciencia cualquier rastro de su presencia allí.

En el piso de abajo había un salón con cocina incorporada y con dos puertas, una en la parte de delante de la casa (la del devuelto) y otra en la parte de atrás, con acceso al gran jardín comunitario, lo que Lidia y todo el mundo allí llamaban la «yarda». El mobiliario del salón consistía en una mesa y una silla.

La cocina era alargada; los fogones, eléctricos y enormes, como el horno. Todo parecía perfectamente resistente y funcional. No había lavadora (Lidia ya me había advertido de que existían lavadoras comunales en un edificio de servicios anexo), pero sí lavavajillas. Sin embargo, no había platos en ningún lugar, ni cubiertos, ni vasos, ni nada. Los armarios estaban llenos de botes de plástico, grandes, vacíos y limpios, y en una cantidad increíble. Miré la etiqueta de uno de ellos y descubrí que eran de zumo de uva. Hasta el momento era la única huella dejada por mis caseros.

Me vestí y salí al exterior. Tenía dudas de si el lugar que me había recomendado Lidia para desayunar, no demasiado lejos de allí, abriría tan temprano, pero, fuera consecuencia del *jet lag* o de la indigestión del día anterior, el hambre estaba haciendo estragos en mi estómago: se estaba devorando a sí mismo.

Al salir tapé el devuelto de la noche anterior con unas cuantas virutas de madera del suelo. La calle no me transmitió mucha alegría, así que decidí ir por la yarda, que también era posible. No había nadie, solo juguetes esparcidos por todos los lados. Patinetes, triciclos y remolques en los caminitos de asfalto. Bates de béisbol, *frisbees* y pelotas por las praderas. El sol no calentaba mucho tan temprano. La hierba y los columpios del parquecito infantil que había en el centro, bajo unos frondosos árboles, parecían todavía húmedos por el rocío. Aquel lugar debía de ser la apoteosis de la infancia durante el día, pero ahora no se veía con fuerzas para entrar en calor. ¿Por qué demonios presuponía Lidia que un lugar así era el adecuado para mí? ¿Es que no era capaz de comprender que no a todo el mundo le gustan los niños tanto como a ella? Me encendí un cigarro.

La cafetería Joanie's no estaba tan cerca como decía Lidia, al menos si ibas andando. Pero tras salir del campus de Stanford y atravesar una serie de calles residenciales en cuadrícula perfecta, conseguí llegar, al borde del desmayo, a la California Avenue de Palo Alto. Unos cuantos cafés y restaurantes se sucedían a ambos lados de unas aceras con arbolitos. Por primera vez tuve esa impresión que ya casi siempre me acompañaría en el viaje: que Stanford, Palo Alto y California en general parecían lugares de veraneo. Quizá fuera la luz, o la temperatura, o la manera de vestir de la gente, o también las palmeras, los espacios, los coches y la falta de altura en las casas, el caso es que todo allí tenía ese aire como playero y distendido.

Por suerte, el Joanie's estaba abierto. Era un local pequeño, con unas diez mesas. Casi todas estaban ocupadas por *yuppies* sin corbata y con portátil adjunto. El camarero tenía pinta de italiano o así y me atendió diligentemente. Tanto que pensé que sería parte implicada en el negocio, más que empleado. Me senté en la única mesa que quedaba libre. Miré la carta de desayunos y sin pensarlo mucho pedí el más caro y abundante. Ya era la hora de comer en España.

Mientras esperaba, me levanté a coger el periódico de la barra. La portada me impresionó. Era una enorme foto de Michael Jackson con una sola palabra debajo: «Dead». Volví a mi mesa sin apartar la vista del periódico. ¿Muerto? ¿Muerto, Michael Jackson? ¿Cómo puede algo así morirse?

Me senté.

—También ha muerto Farrah Fawcett —era el camarero; su dedo señalaba un pequeño recuadro de mi periódico con la foto de una mujer de pelo rubio ondulado. Quedaba claro que dar exclusivas sobre muertos era algo que gustaba a los ciudadanos del mundo entero por igual.

—Ah, no sé quién es.

—Por lo visto era adicto a los tranquilizantes —el camarero optó por el filón de Michael Jackson, viendo el poco éxito que había cosechado con el otro.

—Ya —dije.

—¿Quiere usted más periódicos?

—Se lo ruego —seguramente enfaticé mi consternación más de la cuenta. El tipo me plantó sobre la mesa tres o cuatro diarios más que no sé de dónde sacó.

Se fue a servir desayunos. El panorama que me dejó era desolador, la verdad. Era imposible no mirar la cara trasplantada de Michael Jackson y dejar de cotillear acerca de los motivos de su muerte. Aunque, más que su muerte, lo que me sorprendía era el hecho de que hubiera escogido para morirse precisamente el día en que yo pisaba Estados Unidos por primera vez en mi vida. Pensé que debía sentirme importante, cerca del centro mundial de la noticia, con ese orgullo que se tiene cuando la casa de tu vecino se quema y tu calle sale en el telediario. Luego también pensé que a lo mejor existía algún tipo de incompatibilidad cósmica entre Michael Jackson y yo que nos impedía compartir el mismo espacio. Me sentí orgulloso de haber ganado la partida.

Ya dominaba el currículum de los Jackson Five cuando el camarero apareció con mi desayuno.

—Era grande, era un mito ya antes de morir, por eso no entendemos su muerte —dijo mientras colocaba innumerables platos en la mesa. Eran tantos que pensé que se había equivocado y me estaba sirviendo el desayuno de alguna otra mesa con más comensales. Pero no. Abrió la palma de la mano para mostrar todo lo que había traído y, más ordenándomelo que deseándomelo, dijo—: Disfrute.

Realmente, ante aquel espectáculo de tortitas, tostadas, fruta, fiambres, cereales, zumos, siropes y yogures no cabía otra opción que disfrutar. Doblé la cara de Michael Jackson sobre sí misma, dejé los periódicos en una silla y, antes de empezar a ingerir, lancé brevemente una nueva mirada al local. Entonces la vi. Era una mujer alta, con pelo corto encanecido y una cara alargada y rectangular. Tomaba un café dos mesas más allá mientras leía el periódico. Por entonces desconocía su nombre y cualquier otro aspecto relacionado con su personalidad, pero su porte, esa serenidad y exactitud de movimientos, me impedía mirar a otro lado. Parecía bastante mayor que yo; era muy guapa. Por fin alzó también la mirada y sonrió, como si ya supiera desde mucho tiempo atrás que yo estaba allí. Se levantó, me entregó su periódico y dijo con voz grave:

—A mí me daba más pena cuando estaba vivo.

Sin esperar reacción, salió de allí. No tuve la sensación de haber perdido una oportunidad al dejarla marchar. La propia actitud de ella parecía transmitir que tendríamos más ocasiones de vernos. Me entregué al desayuno.

A media mañana decidí ir a buscar la School of Earth Sciences, lugar en el que tendría lugar mi bautismo en Stanford. Sabido es que los cactus me eran tan indiferentes como el resto de las especies animales o vegetales que inundan nuestro planeta, pero no podía negar que sentía cierta curiosidad por el curso. Como disponía de tiempo, decidí explorar el campus a pie. Fui hasta el Óvalo, una gran explanada de hierba en cuyas proximidades se concentran algunos de los edificios más emblemáticos de la universidad. Viéndola desde la explanada, la Universidad de Stanford ofrece el aspecto de un *resort* hotelero anexo a un campo de golf, un complejo de lujo con un aire entre neoandalusí, neobizantino y neocolonial. Observé la Hoover Tower, una gran torre inspirada en el campanario de la catedral de Salamanca, y atravesé el Main Quad, un claustro con columnas y arcadas cuyas galerías no son recorridas por millonarios con zapatos de golf, sino por profesores en bicicleta.

Tras cruzar otros dos patios aparecí en el edificio de la School of Earth Sciences. Me gustó caminar por el campus, saberme acompañado por tanta gente que había ido allí a aprender o a investigar. Aunque parezca mentira, sentí que formar parte de ese colectivo de personas que deambulaban con un horizonte intelectual en perspectiva me ilusionaba. Hacía tiempo que no descubría tanta dignidad en mi manera de andar.

El aula del curso, cuyo número y ubicación exactos venían ya especificados en los impresos que me había dado Lidia, era como un cine de arte y ensayo, solo que con forma semicircular y con las mesas y las paredes blancas. Me pareció raro que se pudiera hablar de cactus en un lugar tan aséptico y tan aislado de la luz solar. Di los buenos días a las seis chicas ya presentes y me senté en la última fila, dispuesto a analizar detenidamente, aunque fuera desde atrás, la idiosincrasia de cada una de ellas. Eran muy jóvenes y muy americanas. Quiero decir que eran rubias y llevaban sudaderas de baloncesto y yo solo podía imaginármelas comiendo gofres. Me llamaba la atención que unas mujeres tan jóvenes, sonrosadas y lozanas estuvieran dispuestas a gastar parte de su verano en un curso sobre... cactus. Supuse que de las dos familias del reino vegetal a las que aludía el título del curso *(cacti and succulents)*, ellas representaban a la segunda.

Había una, la última por la derecha, que, sin duda, había comido menos gofres. Era un par de centímetros más baja y más estrecha de hombros, aunque igual de sonrosada y deportista. Me levanté y me senté a su lado.

—Es aquí el curso de cactus, ¿verdad?

—Ah, sí, claro —me dijo de esa manera en que solo puede hablar quien, además de mascar chicle, nunca ha encontrado nada en la vida que le genere un atisbo de duda.

Poco después bromeé sobre la distancia tecnológica que había entre su ordenador portátil y el cuaderno de espiral que yo había llevado. No sé si me entendió.

—Mira que es raro lo de empezar un curso un viernes, y a estas horas, ya casi por la tarde —dije.

—Ah, sí —siguió mirando al frente, ligeramente escurrida en el asiento, con media sonrisa, sin importarle en absoluto que no le quitara la mirada de encima ni un segundo. Su actitud relajada y autosuficiente era la de quien está escuchando música y solo tiene oídos para lo suyo, pero no se le veían auriculares por ningún sitio. Pensé que quizá escuchara voces en su interior.

Tenía pecas en las mejillas y una peculiar forma de M en el fino labio superior. Una vez oí que el diez por ciento de la población estadounidense descendía de los primeros colonos del *Mayflower*. Por algún motivo pensé que aquella suculenta pertenecía a ese diez por ciento. En mi caso, no me sentía capaz de garantizarle a nadie que yo fuera descendiente de la Dama de Elche.

La profesora debía de tener más o menos mi edad. Era grande y con cierto porte masculino. La cara ancha estaba enmarcada por rectas perfectas, las del pelo liso y negro. Flequillo corto por arriba, cortina por un lado, cortina por el otro. En el centro, los labios pintados de rojo bajo una nariz generosa. Dejó un termo y una taza sobre la mesa y nos saludó. Sus rasgos, la naturaleza un poco compulsiva de sus movimientos me hicieron imaginar que, en lugar de té o café, era *bourbon* lo que había en ese termo. La verdad es que no le pegaba mucho ser profesora de Stanford. En mi opinión tenía algo europeo y reconcentrado, lejos de mi estereotipo de la mujer americana. Me la imaginaba mejor como profesora de Arte en Berlín o en un sitio así que como naturalista en California.

Se quedó mirándome, asintió con la cabeza y se acercó a mí. Me entregó un programa fotocopiado del contenido del curso.

—Mi nombre es Cynthia —dijo entonces, extendiendo la mano. Me pareció un nombre muy botánico, perfectamente atribuible a un tipo de cactus. ¿Sería *Cynthia Bourbonphila*?

Entonces, con esa viveza sincopada que le hacía bailar la melena de una manera un tanto artificial, me explicó que el grupo de las suculentas que tenía a mi lado eran todas alumnas suyas que acababan de cursar el primer año de Biología. Dijo que aquel no era un curso de grado y que ellas estaban allí por razones altruistas, lo cual no comprendí demasiado bien. Supuse que cuando hablaba de altruismo se refería a eso que los españoles llamamos hacer la pelota al profesor.

—Fui informada por Jennifer Calderón de que usted también realizaría este curso.

—Sí, es correcto —se refería a Jenny, el principal enlace de Lidia en Stanford, la persona que me había conseguido aquel curso como única manera de hacer viable el verano que Lidia había planeado milimétricamente para mí.

—Puede presentarse, si lo desea —dijo *Cynthia Bourbonphila*.

—Ah —dije, y me levanté—. Hola a todos, me llamo Agustín —alcé la mano con un cierto aire de culpabilidad, la misma que, según había visto en alguna película, demuestran los asistentes a las reuniones de Alcohólicos Anónimos.

—¿A qué se dedica? ¿Puede contárnoslo?

—Soy profesor —dije mientras me sentaba de nuevo, como quitándoles importancia a mis palabras—, profesor de Literatura de enseñanza secundaria.

—Ah, maravilloso —dijo ella. Los americanos son estupendos para esto. Siempre les parece maravilloso lo que les cuentas de tu propia vida—. ¿Puede decirnos por qué le interesa este curso? ¿Qué conocimientos tiene usted de botánica y, en concreto, de cactus?

—Eh, sí, claro, claro, por supuesto —esto sí que me pilló desprevenido. Respiré hondo. No tenía ganas de hacer el ridículo a las primeras de cambio, así que me entregué en cuerpo y alma a mi intervención, que no era fácil en inglés—. Me interesa la manera de comportarse de los cactus, su capacidad de adaptación a ecosistemas extremos. Como estudioso de la literatura, es el carácter del cactus, su relación con las demás especies de su hábitat, su perfil psicológico, por decirlo así, y los paralelismos entre su carácter y el carácter de las personas lo que me atrae de este tipo de suculentas. A primera vista, el cactus está encerrado en sí mismo, es antisocial, es una isla de egoísmo atrincherada tras su alambrada de espinos. Guarda su agua y no la comparte, solo teme que se la quiten, es sabio en el arte de la autodefensa pero ignorante del factor social. Es un pésimo ejemplo, los psicólogos siempre utilizan el cactus como metáfora de las personas más aisladas y egoístas —esto último, y también algunas ideas de la parte central y también del principio, estaba, por supuesto, en el *Manual del experto en cactus* escrito por Charlotte Fantin.

La profesora había dado dos pasos hacia atrás y se había apoyado en una mesa libre, como si necesitara distancia y sustento para poder enfocar mi discurso adecuadamente. Puede que tuviera dudas de hasta qué punto yo me tomaba en serio lo que estaba diciendo. Y también tenía dudas de hasta dónde podía conducirme mi argumentación. Por su parte, las suculentas me miraban con una atención de la que ni ellas mismas se sabían capaces.

—Pues bien, ¿son así los cactus? ¿Podemos conformarnos con una lectura tan simplista? Creo que no. Del mismo modo que nadie aceptaría una descripción tan poco matizada del género humano, tampoco podemos aceptarla de los cactus. Creo que nuestra obligación es conocerlos mejor y convivir con ellos, descubrir facetas insospechadas en el carácter de estas plantas. Yo he hecho el esfuerzo de investigar las aportaciones que los cactus, con sus raíces o sus reservas de agua, pueden hacer al ecosistema, o de investigar las funciones de sus espinas, o de intentar calibrar algo así como su capacidad de comunicación, su receptividad frente a las atenciones y el cariño que se les da. Hace mucho que me di cuenta de que nadie es mejor ni peor en la naturaleza, que todos estamos en el mundo por el mismo motivo, y que si los cactus merecen el mayor cuidado que les podamos dar es porque con ellos somos mucho mejores que sin ellos.

Hubo un silencio. *Cynthia Bourbonphila* dudaba entre darme un abrazo o abalanzarse a por su termo de *bourbon,* así que se quedó mirándome durante unos segundos. Bueno, sí, había que reconocer que la respuesta me había salido muy bien.

Tenía tan pocas ganas de que aquella mujer de rasgos masculinos y cierta tendencia estrafalaria descubriera los verdaderos motivos por los que me había apuntado al curso que sin duda saqué lo mejor de mí, y del prólogo de Charlotte Fantin. Pensé que por activa o por pasiva (más bien por pasiva) algo se me había pegado ya del espíritu universitario de aquel lugar, aunque lo de hablar a adolescentes de temas que desconocía casi por completo (Espronceda, Galdós, Azorín...) tampoco podía considerarse una novedad en mi vida.

Finalmente la profesora se encaminó a su mesa, se sirvió un poco de líquido en la taza, se sentó y bebió. Lo hizo como si quemara, pero tanto el whisky como el té pueden quemar en los labios. Habló sin levantar la vista de sus papeles:

—No sabemos si Agustín sabrá mucho de cactus, pero es evidente que sabe mucho de literatura —y sin solución de continuidad se puso a explicar el funcionamiento del curso, tal como venía detallado en el programa que me había entregado. Supuse que, como es frecuente en el mundo universitario, era de ese tipo de personas acostumbradas a ser jaleadas por su séquito, no a la inversa.

No presté mucha atención a la explicación de *Cynthia Bourbonphila,* porque estaba un poco excitado tras mi intervención y porque en seguida me di cuenta de que la suculenta de mi lado me estaba mirando. Creo que sus estudios de taxonomía todavía no le habían proporcionado los conocimientos suficientes como para clasificar a un ser como yo, pero no había duda de que mis palabras la habían impactado. No articulaba palabra, simplemente me miraba, lo cual suponía un gran avance en nuestra relación. Me fijé en que su nombre, Katherine, figuraba en una pegatina que había en el lateral de su ordenador.

Resultaba que debajo del título del curso, «Taxonomy, distribution, rarity status and uses of Californian cacti and other succulents», figuraba un subtítulo: «Save the Arizona Cactus Garden». Al parecer, el curso constaría de algunas clases teóricas, pero luego tendría una importante parte práctica, primero en la Stanford Community Farm, donde nos familiarizaríamos con las herramientas, los sustratos y las modalidades de riego, y luego en el Arizona Cactus Garden, verdadero protagonista del curso. Ese jardín, ubicado dentro del propio campus, estaba muy descuidado, tras décadas de negligencia y abandono. En los últimos años se habían hecho (*Cynthia Bourbonphila* los había hecho) algunos esfuerzos para su recuperación, pero quedaba mucho trabajo todavía. Así, el programa del curso se marcaba como objetivo para las veintidós clases que se darían sobre el terreno «el cuidado, mantenimiento, replantación, saneamiento, cambio de sustrato y etiquetado del Arizona Cactus Garden». Quizá en ese momento no fui del todo consciente, pero sí más tarde, cuando el curso avanzó en su desarrollo: aquello era una refinada manera de conseguir mano de obra gratis para arreglar el susodicho jardín.

La primera clase no estuvo mal. Como todo lo referente a las angiospermas, los tubos periánticos, las flores zigomorfas y los gineceos no me interesaba demasiado, abrí mi cuaderno, pensé en una palabra y tracé una fila de nueve rayitas horizontales. A la izquierda dibujé una horca. No sabía si el juego del ahorcado era internacional, pero si existía un país que conocía bien dicha técnica de ejecución ese era Estados Unidos. Llevé un poco el cuaderno hacia mi izquierda, para que mi suculenta se diera por aludida si quería, y mi sorpresa fue grande cuando, un rato después, vi una A mayúscula que ocupaba toda la pantalla de su portátil.

Escribí la A sobre la segunda de las rayitas que había trazado. Luego la suculenta fue sugiriendo varias letras en su pantalla, hasta que, a falta solo de una pierna para ser ahorcada, y plena de satisfacción, acertó con la palabra que yo había propuesto: K A T H E R I N E.

—Katherine, ¿tengo que recordarte que estas clases son voluntarias? —dijo *Bourbonphila*.

Las mejillas de mi compañera se pusieron tan rojas como el sirope de grosella que todavía acostumbraba a echarles a los gofres.

Seguramente me siguió los pasos. Tras la clase atravesé el Main Quad, por donde el tráfico de profesores en bicicleta se había incrementado, y aparecí en un lugar más lúdico en el que se encontraban la librería, la oficina de correos y los comedores universitarios. En el centro había una fuente que los estudiantes utilizaban para poner sus pies a remojar. Entré a la librería. Además de libros vendían sudaderas, gorras y otras muchas cosas relacionadas con Stanford. Comprendí que, al menos desde el punto de vista del marketing, la Universidad de Stanford y su equipo de fútbol americano eran casi una misma cosa. Por algún motivo, la gente prefiere emular más la ropa de los deportistas que la de los catedráticos.

Descubrí en el piso superior una especie de galería con vistas al inferior en la que había un café bastante agradable. Pedí un sándwich y un café con leche. El café venía en un vaso de papel muy alto, al que pusieron una de esas tapas de plástico con un agujerito ovalado, y yo mismo tuve que ponerle la leche y el azúcar en un mostrador adjunto. El vaso quemaba tantísimo que no me sentía capaz de quitarle la tapa. Decidí echar las capsulitas de leche y el azúcar por el agujero ovalado, pero fue poco lo que entró.

Ella, mi suculenta, estaba detrás de mí y al parecer le divertían mucho las calamidades que yo estaba pasando con el café. Me sorprendió mucho verla, y también me alegró, porque ciertamente necesitaba consuelo y ayuda urgente. Me dijo que fuera a sentarme, se hizo cargo de mi vaso y de su peculiar *topping* y un minuto después apareció con un perfecto café cremoso en una taza de cerámica roja con el logotipo de la Universidad de Stanford. Aunque ella aseguró que no quería nada, fui testarudo y me levanté a comprarle algo. Me dijo que una Diet Pepsi era lo único que podía apetecerle, y allí estaba yo, de nuevo en el mostrador, comprando una Diet Pepsi a una veinteañera que no era mi hija pero que podría llegar a parecerlo.

Su comportamiento, efectivamente, fue en todo momento el de una hija. Se sentó a mi lado, mirando hacia el piso inferior y tomándose la Diet Pepsi con tranquilidad, sin sentirse obligada a mirarme ni a hablar. Era como si estuviera conmigo porque no tenía más remedio pero le gustara observar a las personas que hojeaban libros en el piso de abajo y se deleitase con el movimiento de su propio pelo cada vez que bebía de la lata. Le pregunté algunas cosas sobre su vida, pero me respondía con monosílabos, o poco más. Resultaba que sus padres eran profesores en Stanford, había nacido en el hospital de Stanford, vivía en los alrededores de Stanford y en sus pocos años de existencia apenas había tenido ocasión de conocer alguna otra parte del mundo que no perteneciera a Stanford.

Yo creo que en el fondo tendía a tratar a todas las personas a las que conocía en Stanford como de la familia, gente de confianza con la que se podía estar a gusto sin necesidad de hablar por hablar. Era su mundo, y supuse que a todos los que entrábamos en ese mundo, sobre todo si teníamos una edad parecida a la mía, nos incluía en la misma categoría (venerable y despreciable a la vez) que a sus padres. Así que, sentado al lado de aquella especie de hija que me había salido, temí que en cualquier momento me soltara, como quien no quiere la cosa, que estaba embarazada.

Observé un rato a las eminencias orientales que predominaban en las mesas de al lado trabajando en sus ordenadores portátiles, pero mi mente volvía a ella. Me llamaba la atención que no quisiera saber nada de mí, que no me preguntara por mi discurso sobre los cactus, por mi vida, mi familia o mi país. Es verdad que a ciertas edades los hijos no quieren saber nada de los padres.

De pronto nuestras miradas se cruzaron.

—¿Cómo has averiguado que me llamo Katherine?

—Lo ponía en tu ordenador, tienes una pegatina.

Se quedó un momento pensando y sonrió, sin dejar de mirarme. Igual que podía ignorarte durante mucho tiempo, podía pasar minutos enteros mirándote sin el menor pudor. Algo en aquella relación incestuosa estaba empezando a excitarme: la desvergüenza de la actitud, el brillo de sus ojos, esa tez rosada de los descendientes del *Mayflower*...

—¿Quieres que te enseñe mi casita de Escondido Village? Tengo jarabe de arce —lo había comprado en el aeropuerto de Toronto, era casi lo único que podías comprar allí.

—Ok —dijo. Movió la lata para ver si le quedaba más Diet Pepsi y se levantó.

Compramos unas cervezas en un restaurante de comida rápida que había frente a la librería, y Katherine incluyó además un par de bolsas de Eat My Shorts, un aperitivo de maíz que reproducía la forma de los pantalones de Bart Simpson. Luego, siguiendo sus indicaciones, cogimos uno de los autobuses gratuitos que recorren el campus, y que nos dejó justo en frente de mi yarda.

En el suelo de casa, nada más abrir la puerta, había una notificación importante que Katherine me ayudó a interpretar. Por lo visto, esa misma tarde, en mi ausencia, el Housing Office de Stanford había realizado en mi casa el control trimestral para detección de fumadores del que eran objeto gran parte de las residencias de la universidad. Y el resultado había sido catastrófico, como demostraba la saña con la que habían subrayado en rojo los datos exactos del test. Yo ya sabía que estaba prohibido fumar en Escondido Village, pero por supuesto, en las escasas horas que había pasado allí, había decidido ignorar una prohibición que me repateaba en las mismas entrañas. La notificación se mostraba de lo más amenazante, recordaba la tajante prohibición de fumar en aquel lugar, enumeraba las leyes que se violaban al hacerlo y advertía de que el examen se repetiría en un plazo de diez días. Si en ese test el resultado volvía a ser positivo, el inquilino sería expulsado de la casa y de cualquier otra residencia de Stanford. Para evitar que ese positivo se repitiese recomendaba, aparte de la abstinencia más extrema, ventilar abundantemente la casa y tirar cualquier colilla o resto de ceniza. Alucinante, pero cierto.

A Katherine el asunto quizá no le gustó mucho. Tan inexpresiva como siempre, parecía más seria, aunque resultaba difícil saber si se identificaba más con los excesos intimidatorios de la universidad o con mis excesos desafiantes de fumador empedernido, pero la obligué a tomar partido. Cogí la notificación y fui trabajándola con las manos mientras le mostraba el salón y la cocina. Finalmente la notificación quedó convertida en una especie de platito cuadrado. Encendí un cigarrillo. Eché la ceniza encima y, como sin darme importancia, le dije:

—¿Quieres uno?

—No, gracias —dijo ella muy seria. Probablemente había patinado con mi apuesta.

—También tengo cigarrillos mentolados sin humo, si lo prefieres, de los que venden en el avión —ahí sonrió un poco.

—¿Esas cortinas se pueden cerrar? —preguntó.

—Claro —dije con un nudo en la garganta, y ella misma se acercó a tapar la ventana y la puerta que daban a la terraza.

Luego vino hacia mí con la mano extendida y dijo:

—Vale, dame un cigarrillo.

La función se estaba poniendo interesante. Cogimos las cervezas y las bolsas de Eat My Shorts y nos sentamos en el suelo, con la espalda apoyada en la pared. La luz del halógeno del techo era espantosa, pero no importaba mucho. Katherine apuró el cigarrillo y la cerveza con bastante ansiedad. No se la veía cómoda. Parecía ligeramente conmocionada con todo lo que estaba pasando, y a la vez impelida a continuar por el camino que había emprendido. Pensé que para alguien que atraviesa esa edad crítica en la que se te amontonan las preguntas, aquello había sido una especie de revelación. Es probable que nunca en su vida hubiera conocido a nadie capaz de desafiar de esa manera la autoridad de Stanford, el pequeño reino en el que ella se sentía la princesa protegida. Ahora se abría un abanico infinito de caminos nuevos ante sus pies, pero ella los percibía demasiado inestables como para andar con paso firme.

—Eres muy valiente —me dijo sin la menor ironía, y de manera un tanto mecánica fue acercando su boca a la mía hasta que nuestros labios contactaron.

Sentí que para mí también se abría un abanico infinito de caminos nuevos, o si no nuevos, sí olvidados hacía muchos años. Besar a alguien así, a la luz del día, vestido, lejos de una cama, como si el único fin de aquello fuera el puro chute hormonal que provocaba, me remitía a tiempos recónditos de mi pasado, en los que la ilusión, el aguijón ante lo desconocido e incluso la paciencia formaban parte de esa cosa llamada «yo» que ni entonces ni ahora sería capaz de definir. Dicho de otra forma, aquel beso me producía mucha más excitación de la que, a mi edad, pensaba que podría producir un beso.

Dos o tres minutos después Katherine tomó distancia y los dos respiramos. Volvió a apoyar la espalda en la pared y también la cabeza. La mirada en el techo y el nervioso y rápido vaivén de sus rodillas dobladas me hicieron pensar que necesitaba ordenar sus ideas, suponiendo que fueran ideas lo que en aquel momento manejaba su cabeza. Me levanté a coger otro par de cervezas de la cocina, pero cuando regresé ella estaba de pie. Dijo que se tenía que ir, que le había encantado conocerme pero que ahora se marchaba.

—¿Y el aperitivo? —le dije, increíblemente reacio a aceptar aquella deriva.

—Ya nos lo hemos comido —la chica se dirigía hacia la puerta; cuando tomaba una decisión, la tomaba.

—Me refiero a ese, el de Bart Simpson. No sabes cómo me apetece.

Abrió la puerta de la calle y sin detenerse dijo:

—Tómatelo. Es mi regalo de bienvenida.

—Pero... Katherine... —fue inútil. Mi suculenta estaba ya de vuelta hacia el campus de Stanford, el ecosistema que le haría recuperar su equilibrio.

Entré y volví a sentarme en el suelo, junto a las bolsas de Eat My Shorts. Me preguntaba si lo sucedido no sería más que una especie de novatada, una apuesta, mi bautismo en la universidad, algo así como un sello puesto en mi impreso de admisión. O si, por el contrario, Katherine acabaría convirtiéndose en una rejuvenecedora y refrescante aventura de verano, quizá la única circunstancia que podría darle cierto sentido a mi presencia en aquel país.

Abrí una bolsa. Los *shorts* eran una especie de nachos con una forma vagamente silueteada. Tenían un sabor especiado, picante, pero muy adictivo. Me comí media bolsa. Había que reconocer que para ser mi primer día en Stanford, Palo Alto, California, la cosa no había estado nada mal. A lo mejor hasta acababa convirtiéndome en un experto en cactus, y también en suculentas.

4

Los días siguientes me sirvieron para convencerme de que si quería permanecer más tiempo en aquel país, necesitaba urgentemente un coche. En Estados Unidos el coche lo es todo. Las distancias son siempre enormes y el concepto de transporte público ni siquiera es entendido por el grueso de la población. Los dos lugares más próximos a Escondido Village para comprar comida eran dos gasolineras, y la más cercana estaba a casi dos millas. Sinceramente, no resultaba agradable comprar leche o papel higiénico en una gasolinera a la que habías tardado más de tres cuartos de hora en llegar andando.

Así que un par de días después de llegar tomé la decisión. Me importaba poco en ese momento si el dinero se me acababa antes de lo previsto. No estaba dispuesto a arrastrarme más por el continente americano con los pies en carne viva.

Lidia lo había marcado en el plano con una cruz especialmente grande: la oficina Hertz de alquiler de coches. Por supuesto, estaba en una gasolinera. Eso me pareció lógico y a la vez ilógico. A las gasolineras por lo común se llega en coche, pero cuando uno va a alquilar un coche es precisamente coche lo que no tiene. Este tipo de argumentos, sin embargo, son impensables para la mentalidad ame

ricana: no conciben que nadie haga nada sin el coche, ni siquiera ir a alquilar un coche.

El chico que me atendió era hispano, pero
de segunda o incluso tercera generación, porque
aparte de hablar mal en español le resultó llamativo
que hubiera un país en Europa donde también se
hablaba este idioma. Tenía el convencimiento de
que España estaba en algún lugar (incierto, eso sí)
no muy lejos del continente americano, y no me
quedó más remedio que prometerle que yo mismo
contrastaría lo de Europa cuando regresara a mi
país. Por lo demás, le pareció bastante divertido
comparar el aspecto que presentaba yo en la fotografía del carnet de conducir con el aspecto que
tenía en ese momento. No podía negarlo. Habían
pasado nueve años. Aunque siguiera identificándo-
me con la imagen que tenía a los veintiocho años,
las ojeras habían pasado a dominar mi cara, exactamente en la misma medida en que el pelo había
dejado de dominar más allá de la frente. Por fortuna, la foto de carnet no daba detalles de otras partes
de mi cuerpo.

El coche que me entregaron era estupendo,
sobre todo si tenemos en cuenta el precio que pa-
gaba. Al ser automático, pedí al otro chico hispano que me lo entregó indicaciones sobre cómo se
conducía. Lo hice en español, por supuesto. No
podría decir exactamente en qué idioma me respondió.

—Usted ahorita pise las brecas y voltee la
key para startear el carro. Para manejar palanquee
hasta drive, para baquear meta la reversa en la R,
para parquear, la P.

—Ya —le dije. Estaba un poco desbordado. Intenté hacer algo.

—No, tiene que braquear first, ahí, ahí, en la breka.

—Bueno, bueno, muy bien. ¿No podría quitarme esa camioneta? No quiero tragármela marcha atrás.

—¿La troca? No puedo. Tengo que pompearle la llanta, se ponchó.

Le miré con perplejidad.

—Don't worry —me dijo—. Baquee slow y no se crashea, ni modo.

Pisé el freno, puse la palanca en la posición R y salí marcha atrás. Bastaba con levantar el pie del freno para que el coche se moviera. Conseguí no crashearme con la troca. Sin dejar de braquear palanqueé hasta drive, me despedí del chico y salí de allí.

El Camino Real era una avenida ancha, de tráfico endemoniado, con más apariencia de carretera que de otra cosa, que atravesaba todo el Silicon Valley. Irrumpí en él, presa de la euforia. Me sentía el rey, el dueño del mundo. Al fin me encontraba en igualdad de condiciones. Era fácil conducir allí. Te bastaba con una mano y un pie. Y las distancias ya no importaban. Mi gran conquista del Far West americano no tenía límites. ¡Humildes peatones del universo, temblad!

Practiqué un poco más en el Camino Real y sin darme cuenta aparecí en una autopista. No sabía bien adónde me llevaba ni cómo haría para volver, pero me divirtió conducir allí. Experimenté con el botón *cruiser* que tenía mi coche. Dicho botón te permite fijar una velocidad cualquiera y el coche por sí solo ya se encarga de mantenerla. Es cómodo porque no tienes que pisar el acelerador, lo que siempre es cansado. Establecí como velocidad de crucero las sesenta y cinco millas por hora permitidas y me puse a mirar a los conductores que llevaba a ambos lados. En Estados Unidos nadie quiere rebasar los límites de velocidad, porque si lo haces se abre la carretera tras de ti y aparece un coche de policía de debajo del asfalto. La policía no es muy simpática en esas circunstancias. Con tres de mis cuatro extremidades liberadas, decidí, al menos, encenderme un pitillo.

En seguida comprendí que, muy probablemente, la autopista se había hecho como excusa para poder salpicarla de centros comerciales a ambos lados. Para mí fue divertido, en ese día y en los siguientes, transitar por esos inmensos *malls*, hacer rutas entre unos y otros, y gastar de una manera mucho más ininterrumpida de lo que mi presupuesto para el viaje aconsejaba.

En primera instancia me encomendé a un objetivo fundamental: comprar un estor. No estaba dispuesto a soportarlo más días. Las seis de la mañana no es una hora decente para que a uno le enchufen una luz fundacional sobre sus párpados bajados. Quizá las personas de otras culturas distintas a la nuestra puedan sobrellevar con normalidad una circunstancia así. Yo no. Hay ciertas horas a las que necesito algo más que un cristal que me separe del mundo. A ser posible, un encofrado de hormigón; si no, me basta una persiana, ese invento tan español, el país del sol, la siesta y las resacas.

También compré un felpudo sustitutorio y un vaso, pero ocurrió que la diversidad de mis itinerarios me alentó a comprar algunas otras cosas cuya necesidad no era del todo evidente, como un paquete de dos kilos de nueces de California, un abre-cartas eléctrico, unos guantes para el manejo de cactus que, sin duda, podría regalarle a Katherine o a cualquier otra de las suculentas, un bote de quinientas dosis de un analgésico llamado Tylenol y, por último, una trituradora de papel que no sabía cómo iba a guardar en la maleta pero a la que me aferré de la manera más caprichosa. En cualquier caso, pasar los días moviéndome de un centro comercial a otro con el coche me convirtió en un americano de pleno derecho. No hubo un solo hipermercado de los que visité (Macy's, Walmart, Ross, Sears y Fry's) en el que no sonara la música de Michael Jackson. El soniquete de *Thriller* se me metió de tal manera que al final recorría los pasillos deslizando los pies como un muerto viviente. Estaba claro que si Michael Jackson seguía cobrando derechos por la reproducción de sus canciones, Dios iba a recibirle con los brazos bien abiertos.

Tuve el coche más días de lo razonable: nunca veía el momento de desprenderme de él y convertir las vacaciones en un estricto ejercicio de ascetismo. Solo un ruido metálico como de tuerca suelta en el motor me animó a hacerlo. El chico de Hertz me dijo que estacionara en el parqueadero y luego me pidió que starteara de nuevo para ver si el tanque estaba full, que era lo que le importaba. La suma que hube de pagar me sorprendió por elevada, pero el chico me dijo que mi carro estaba overtime y que me había descontado la aseguranza y por eso mi precio estaba bien cool.

Primero fue un golpe seco, el característico impacto de la puerta mosquitera cuando el muelle la devolvía a su posición. Luego fueron unas risitas femeninas. Y, por último, con voz divertida, y en inglés, lo siguiente:

—Por tanto, nosotros, los representantes de los Estados Unidos, reunidos en congreso general, apelando al Juez Supremo del Universo, por la rectitud de nuestras intenciones, y en el nombre y con la autoridad del pueblo de estas colonias, publicamos y declaramos lo presente: que estas colonias son, y por derecho deben ser, Estados libres e independientes; que están absueltas de toda obligación de fidelidad a la Corona británica; que toda conexión política entre ellas y el Estado de la Gran Bretaña es y debe ser totalmente disuelta, y que como Estados libres e independientes tienen pleno poder para hacer la guerra, concluir la paz, contraer alianzas, establecer comercio y hacer todos los otros actos que los Estados independientes pueden por derecho efectuar. Así que, para sostener esta declaración con una firme confianza en la protección divina, nosotros empeñamos mutuamente nuestras vidas, nuestras fortunas y nuestro sagrado honor.

Tras semejante proclama llegó una carcajada doble, que imaginé de Katherine y otra suculenta (¿quiénes podían ser si no?), que habían asaltado mi casa en aquella mañana festiva. Era el Cuatro de Julio, Día de la Independencia, y en la mejor tradición de su estirpe, las chicas debían de estar entusiasmadas, pero yo, también en la mejor tradición de mi estirpe, luchaba contra las sábanas, contra la luz (los dos estores que había superpuesto con cinta americana eran claramente insuficientes) y contra el dolor de cabeza que me habían producido las dos copas de más que me había tomado la noche anterior.

Estaban al pie de la escalera, y a juzgar por lo bien que se lo estaban pasando debían de arder en deseos de que yo bajara en tanga o similar.

—¿Quiénes sois? ¿Qué queréis? —grité desde la cama.

—Somos Katherine y Lindsay, venimos a invitarte al picnic del Día de la Independencia.

—Lo siento, pero me es completamente indiferente que los Estados Unidos sean independientes o no. Por mí como si los invade Canadá.

Oí risas. Conseguí sentarme en la cama y di la espalda a la ventana. Me acaricié las sienes. Me froté los ojos. Nada en el mundo podría haberme hecho levantar esa mañana, excepto la refrescante lozanía de aquellas muchachas.

Bajé en pijama agarrado a la barandilla y las encontré en el salón, con sendas camisetas blancas con la bandera americana en el pecho. Una de ellas era, en efecto, mi suculenta favorita, Katherine, que al parecer seguía teniendo cierta querencia por mí. Estaba realmente guapa mientras se comía las nueces de mi paquete de dos kilos.

Mi aspecto les divirtió mucho.

—Hemos organizado todas las del curso un picnic, Cynthia también, queríamos invitarte —dijo Lindsay, la otra.

—Perdóname, ¿quién es Cynthia? Ahora no lo recuerdo —dije mientras abría el bote de quinientos comprimidos de Tylenol.

—Tu profesora del curso. ¿Ya te has olvidado? ¿Por qué no has venido estos días?

—Ah —dije—. ¿He faltado mucho?

Lo cierto es que, además de hacer compras con el coche, los días anteriores los había dedicado principalmente a domesticar el *jet lag* y a familiarizarme con la austeridad de mi casa, y no había encontrado demasiados motivos para ir a mi curso de cactus, cuya vertiente teórica no acababa de ver indicada para mí. En cuanto a Katherine, sospechaba que lo único que necesitaba la chica era tiempo.

Me metí en la boca dos de aquellas pastillas blancas. Luego me eché en el bolsillo un buen puñado, por si acaso. Son fantásticos esos frascos enormes de medicinas.

—Si esperáis a que me duche, voy con vosotras. ¿Me habéis traído banderita? —Lindsay rio, pero Katherine había recobrado el estado semiautista que tan propio le era.

Un poco después bajé hecho un pincel, aunque con una camiseta negra que ya tenía tres usos. Empezaba a ser perentorio enterarme del funcionamiento de las lavadoras comunales que había en un edificio anexo a Escondido Village. Fuimos en el coche de Katherine, un Toyota más pequeño que el que yo había alquilado.

Katherine tenía una forma de conducir que se correspondía perfectamente con su personalidad. Su velocidad era constante, estuviera donde estuviera, y aunque la mayor parte del tiempo resultaba muy lenta, había situaciones en las que era excesiva: por ejemplo, cuando atravesaba una zona de obras o un badén, o cuando realizaba un giro en U porque había errado el camino. En algún momento llegué a pensar que, sabiéndolo o no, tenía el botón *cruiser,* el que fija la velocidad, activado.

El picnic era en una explanada de hierba bastante escasa de árboles, en una loma desde la que se divisaba a la perfección todo el campus de Stanford y también Palo Alto. Según me dijeron, era un lugar excelente para ver los fuegos artificiales por la noche. Pero mi sorpresa fue que, además de las suculentas y de *Cynthia Bourbonphila,* había otras muchas personas relacionadas con ellas y supongo que con el departamento que la última dirigía. Había incluso niños.

A nuestra llegada, el resto de las suculentas, ataviadas con la misma camiseta, se acercaron a saludarme. Apenas me conocían, pero estaba claro que Katherine les había hablado de mí y me habían adoptado como mascota exótica. Era lo más parecido a un hombre curtido en mil batallas que habían visto en su vida.

Me enseñaron sobre una mesa alargada los dulces que cada una había preparado, todos con un revestimiento gelatinoso con la bandera americana. Los vasos, los platos, el mantel, las servilletas, los cubiertos, las botellas, todo lo que pudiera encontrarse allí tenía también la bandera de las barras y las estrellas. Era demasiado. Pensé que abusar tanto de un símbolo es lo mismo que destruirlo, vaciarlo de significado. Es como cuando repites muchas veces una palabra y te acaba resultando extraña. Alforja, alforja, alforja, alforja, alforja, alforja, alforja, alforja, alforja.

Miré a mi alrededor, buscando un poco de oxígeno. *Cynthia Bourbonphila* se había colocado unos *shorts*, una gorra y unas gafas de sol. Vi que terminaba de hablar con unas personas y se quedaba sola. Me acerqué.

—Buenos días, Cynthia, siento no haber asistido estos días al curso, pero es que la parte teórica...

—Feliz Día de la Independencia —dijo, y me dio dos besos.

—Ah, gracias, igualmente.

—Tu ayuda puede ser muy importante a partir del lunes, hemos decidido anticipar el trabajo de campo.

—Genial —dije.

Cynthia me miró. Yo a ella. Reímos nasalmente. Ninguno sabíamos qué más decir. Miré hacia el suelo. Llevar *shorts* no era algo que favoreciera a aquella mujer.

—Bueno —dijimos los dos, y de nuevo reímos nasalmente.

A nuestro alrededor las suculentas habían desaparecido, y por mi parte no conocía a nadie más. Cynthia tampoco parecía tener mucho donde agarrarse.

Volvimos a mirarnos, volvimos a reír nasalmente.

—El Día de la Independencia —dijo Cynthia.

—Sí, el Cuatro de Julio.

—Feliz cumpleaños, América —dijo ahora, quizá con algo de ironía. Me reconfortó.

—¿Un *bourbon*? —dije.

—¿Tan pronto?

—Si lo prefieres seguimos hablando.

Serví el whisky en dos vasos barraestrellados.

—Alguien ha tenido el detalle de traer esta botella, parece bueno —dije.

—He sido yo —dijo *Bourbonphila*—, se agradece tanto después de comer...

—Yo ni siquiera he desayunado —dije, y chocamos nuestros vasos de papel.

Con los primeros tragos de *bourbon,* a Cynthia se le soltó la lengua. Me habló de Stanford. Me contó que los fundadores, Leland y Jane Stanford, crearon la universidad en honor a su hijo, muerto de fiebres tifoideas en la adolescencia. Leland fue gobernador de California y el más importante magnate ferroviario de la costa pacífica. Al parecer había conocido a su mujer en Albany.

—Como yo —me dijo entonces—. Conocí a mi marido en Albany mientras estudiaba y allí me casé con él.

—Ah —dije.

—Soy viuda —al llevar la melena recogida por la gorra, los movimientos sincopados de su cabeza se apreciaban menos.

—Vaya, lo siento.

—Mi marido se mató en un accidente de coche la noche en que descubrió que le estaba engañando.

—Dios —mi expresión debió de ser de espanto, pero Cynthia siguió a lo suyo. Supongo que algo le hizo pensar que yo era la persona adecuada y aquel, un momento tan válido como cualquier otro para lanzarme a la cara los trapos sucios de su vida.

—Le engañé con otra mujer, Hannah.

—Me dejas impresionado, permíteme que te lo diga.

—No sé por qué.

—No, bueno, ya.

A veces la mirada de Cynthia podía intimidarte bastante.

—¿Y qué pasó?

—Pues nada. Al final me fui de allí. Albany es un lugar tremendamente conservador. Me vine a Stanford, yo sola, a empezar otra vida. ¿Sabes cuál es el lema de Stanford? «Sopla el viento de la libertad.» Pero en realidad aquí son iguales que en todos los sitios.

—Ya.

—Lo peor fue que mi hijo, que tenía quince años, decidió irse a vivir a casa de sus abuelos paternos en Virginia. Desde entonces se niega a verme, me hace responsable de la muerte de su padre.

Negué con la cabeza, como mostrando aflicción.

—Yo no soy víctima de mis actos, Tomás —dijo entonces.

—Agustín, me llamo Agustín.

—Perdón, Agustín. Yo soy víctima de la moral imperante, el juicio de los demás, un juicio que todo el mundo tiene pero que nadie se atreve a decirte a la cara.

—Ya.

Cynthia bajó la cabeza, probablemente emocionada. Tardó un rato en volver a levantarla y mirarme.

—¿Te lo has creído?

—El qué.

—Lo que te he contado.

—¿No era verdad?

—¿Era verdad lo que contaste de tu relación con los cactus?

La miré.

—Claro que era verdad —dije.

—Mejor. No me gusta que la gente me mienta, Tomás.

—Agustín.

—Ponme más *bourbon,* anda, Agustín, me estás cayendo bien.

Le serví. Era un personaje extrañísimo. ¿Se lo había inventado todo? ¿También lo de su amante? ¿Por qué me encajaba tan bien en su personalidad aquella historia?

Dio otro trago y se alejó de mí.

—Mañana a las nueve te esperamos en el Arizona Cactus Garden, nos vendrá bien una ayudita masculina.

Kétchup y mayonesa dibujando la bandera americana sobre la hamburguesa, barras y estrellas de kétchup y mayonesa sobre el perrito, mazorcas teñidas con la bandera, tartas de nata, gelatina y fresa (con la bandera), tartas de gelatina, nata y frambuesa, tartas de arándanos, nata y gelatina, tartas de gelatina, cereza y nata. Café en vaso con la bandera americana y tapa de plástico con agujero ovalado en el corazón de la bandera.

Me tumbé boca abajo sobre la pradera. Estaba cansado ya de representar el papel de europeo excéntrico con las suculentas, y Katherine, por su parte, se mostraba ligeramente esquiva, no tanto conmigo sino con el mundo en general (llevaba más de una hora dando volteretas laterales en un extremo de la pradera). En cuanto a Cynthia, la temía, temía que me desconcertara con más historias truculentas que, a decir verdad, tampoco me importaba mucho si formaban parte de su vida o no. Me sentía extraño, ajeno a aquel lugar. Por suerte, mirar las briznas de hierba tan de cerca me introdujo en un pequeño mundo sobredimensionado, lo mismo que el *bourbon* sobredimensionaba cualquiera de mis pensamientos o de mis sensaciones. Cerré los ojos. Briznas de hierba en negativo. Banderas, voces, más briznas de hierba.

Cuando me desperté, nada estaba sobredimensionado. Al contrario. Lo percibía todo como con una especie de sordina que hacía las cosas más limpias, más suaves, más nítidas. La saturación anterior había sido sustituida por una paz que no solo parecía estar en mi ojo. Una hebra de humo pasó por delante de mi cara y mi nariz. Giré la cabeza para seguir su rastro. Allí estaba ella, sentada a mi lado, con su aire elegante y también enigmático, y su sutil, casi irónica, sonrisa. Dejaba las piernas hacia un lado y fumaba. Era la mujer a la que había conocido en mi primer desayuno en Palo Alto.

Me incorporé y, sin dejar de mirarla, le dije:

—Fumas. Quizá eres de... ¿Rusia?, ¿México?, ¿Cuba?

Sonrió, pero no respondió. Su mirada se perdía en algún lugar del infinito. Los pómulos le brillaban en un cutis perfecto. Yo también me encendí un pitillo. Y también miré hacia el infinito. Fue un placer fumar acompañado y en silencio.

Llegó Lindsay y se acuclilló al lado de la mujer fumadora.

—Agustín, te presento a mi madrina Christina.

—Ya nos hemos presentado —dijo ella, lo cual era falso, pero a la vez verdadero. Me gustaba aquella mujer. Apagó el cigarrillo en la hierba y lo dejó allí. Le tendió la mano a Lindsay y dijo—: Llama a la grúa o dame la mano para que me levante. Siempre me ha parecido que el suelo está demasiado abajo.

Lindsay tiró de ella. Christina no tuvo dificultades para levantarse.

—Voy para casa, dejaré miguitas de pan por el camino —dijo con su voz tranquila, y durante un segundo me lanzó su mirada, de la misma manera que me podría haber lanzado una cuerda para que la agarrara.

Interrogué a Lindsay con un gesto.

—Christina nos invita a ver su colección de cactus a todos los del curso. Cynthia tiene mucho interés.

—Me encantan los cactus. ¿Podremos seguir celebrando el Cuatro de Julio allí? —dije, y me levanté de forma semiatlética. Christina ya estaba andando hacia los coches.

Algunos mayores empezaban a organizar una carrera de sacos para los niños, así que me pareció un momento excelente para irme.

Esta vez se metieron cuatro suculentas conmigo en el coche de Katherine. Yo iba atrás, bien guarnecido a ambos lados. Lindsay, que iba delante, daba indicaciones del camino a Katherine, pero esta solo le hacía caso a veces. Otras veces la ignoraba por completo, también cuando Lindsay protestaba. La verdad es que la chica tenía personalidad.

Procuré que Lindsay me hiciera caso a mí y me pusiera al día sobre su madrina Christina. Me dijo que era genial, que cuando ella cumplió dieciocho años le regaló un vestido de princesa y una caja de preservativos. Intenté que me contara algo más, pero no fue capaz, estaba demasiado centrada en la conducción de Katherine.

Para llegar a Palo Alto desde Stanford había que cruzar las vías del tren, y en determinadas calles esto se hacía por un paso a nivel. Tras algunas discusiones entre los miembros de la tripulación nuestro vehículo se acercaba a uno de esos pasos a nivel con su velocidad de crucero. Estábamos a unos cincuenta metros cuando las luces y las alarmas sonoras se encendieron. Todos dimos por hecho que Katherine iba a pararse, pero a falta de escasos metros seguía a la misma velocidad. Las barreras empezaron a bajarse.

—¡¡¡Para!!! —gritamos al unísono.

El coche pasó justo por debajo, atravesó las vías y milagrosamente esquivó la otra barrera echándose hacia un lado. El tren pasó como una gran mole de hierro a nuestra espalda, mientras nuestro coche, lento pero tenaz, seguía surcando las calles de Palo Alto sin un rumbo muy determinado. Supongo que Katherine pensaba que por ser hija de profesores de Stanford el tren nunca podría llegar a pillarla.

—Por si no lo sabes, ya te lo digo yo, Katherine: la vida es una mierda, pero es estúpido perderla de una manera tan tonta —dije—. Que sepas que pienso contárselo a tus padres.

—Pues cuéntaselo. No los conoces.

—Yo sí los conozco —dijo la suculenta de mi derecha.

—Te dije que fueras por University Avenue —dijo Lindsay.

—He visto toda mi vida en una millonésima de segundo —aportó la suculenta de mi izquierda.

—La mía ha necesitado algo más de tiempo —dije—, pero ha sido igualmente horrible.

—¿Es aquí o no? —dijo Katherine.

Lindsay parecía extrañada.

—¿Aquí? Ah, sí, ¿por dónde demonios hemos venido?

—Ahora falta aparcar.

El noventa y cinco por ciento de las casas de Palo Alto son de una o dos alturas. Y todas tienen garaje. Sin embargo, en determinadas calles resulta casi imposible aparcar. La culpa de esto la tienen Apple, Yahoo, Google, HP y otras muchas empresas tecnológicas que comenzaron su andadura en algún garaje de Palo Alto. La leyenda al respecto es tal que ahora todos los garajes están ocupados por grupos de estudiantes que intentan crear un *software* revolucionario que les haga multimillonarios antes de los treinta años. Lidia me contó que un tipo aparcaba el deportivo en el salón de su casa con tal de que sus hijos pudieran desarrollar su talento en el garaje.

Un rato después Katherine aparcó precisamente en el vado de un garaje. Me pareció lógico. No había nadie a quien dejar paso.

Desde la calle, la casa de Christina apenas podía verse. Se accedía a través de un callejón privado y una vez que te abrían la puerta de la cancela con el telefonillo encontrabas un extraño chalet devorado por la hiedra. La puerta de la casa estaba abierta. Nadie salió a recibirnos, así que entramos guiados por Lindsay. Era una casa elegante, limpia y cuidada, con una decoración entre setentera y clásica. El salón era muy grande. Se entraba por la parte de arriba y estaba escalonado en tres niveles. En el primer nivel había una biblioteca y sillones de lectura. En el segundo, una mesa de comedor, presidida por un enorme cuadro de una mujer desnuda. El último nivel, el más grande, tenía forma de L y culminaba en una puerta y un gran ventanal al jardín, insospechado desde la calle. Las alfombras, los marcos de las ventanas, la piel de los sofás mantenían la dignidad, pero ya se notaba en ellos el paso del tiempo, una cierta indolencia con respecto a su estado.

Me quedé un poco descolgado y me di prisa para llegar al jardín, donde Christina, Cynthia y las otras dos suculentas nos esperaban ya. La sensación de abandono en el jardín era mayor, lo que le favorecía. Tenía algo decadente, húmedo y sombrío, a pesar del buen día que hacía. La única parte soleada y sin árboles era la pegada a la casa, donde precisamente se encontraban los cactus.

Al parecer, la colección de cactus la inició el primer marido de Christina, que creó un gran islote de tierra en el que fue plantando las especies más características de California. Cuando se murió y llegó el segundo marido, este no solo mantuvo la tradición sino que además, como compitiendo con el anterior, creó otro islote paralelo con especies endémicas de Nuevo México, su estado natal. Luego, este marido desapareció del mapa y, al igual que el anterior, dejó a Christina en su mansión, sin hijos y con cactus.

Cynthia observaba con auténtica preocupación los cactus del primer islote, cuyo estado no era demasiado bueno. Algunos yacían secos sobre el suelo, otros empezaban a dar síntomas de flacidez, la gran mayoría estaban salpicados de manchas marrones de diversos tamaños. Los más sanos desplegaban sus tallos de manera compulsiva e irregular. Pero Christina, fumando de nuevo, exhibía indiferencia ante las muestras de desolación de Cynthia. Vi que en un momento en que esta tocaba el sustrato de un islote y trataba de explicarnos algo de la humedad, Christina la ignoraba y se adentraba con tranquilidad en el jardín. Hice lo propio con cierto disimulo, escogiendo un camino diferente. La verdad es que aquella mujer contrastaba notablemente con la efervescencia hormonal de mis suculentas, todavía uniformadas con sus camisetas. Me encendí también un cigarrillo y caminé más deprisa.

Descubrí el verdadero tamaño del jardín, un enorme cuadrado vagamente delimitado por unas celosías recubiertas de vegetación y en el que sin dificultad cabrían otras cinco o seis casas tan grandes como la de Christina. Me hice el encontradizo detrás de algo parecido a una encina.

—Nuestros caminos confluyen —dije.

No dijo nada. Sonrió de la misma manera que lo habría hecho si yo no hubiera abierto la boca. Eso sí, se detuvo muy cerca de mí, y reveló curiosidad en la mirada.

—Tienes muchos cactus. ¿Sabes cuántos son en total? —no se me ocurrió una estupidez mejor para preguntar.

Su respuesta tardó en llegar. Merecía que me ignorara.

—¿Trescientos? No lo sé bien, tendrías que preguntárselo a Tse.

Supuse que Tse era el jardinero. También supuse que el de los cactus no era el tema favorito de Christina.

—¿Qué árbol es? —señalé el tronco a mi derecha. Lo mío iba de mal en peor.

—No estoy segura, también tendrías que preguntárselo a Tse —dijo.

—Es fantástico el jardín.

—¿Te gusta?

Su mirada era serena, pero muy intensa. Era la primera persona norteamericana a la que conocía que no me hablaba a dos metros de distancia.

—La jardinería es un vicio burgués —dijo; olía a algo parecido a la vainilla—, una manera como cualquier otra de combatir el aburrimiento.

—Ya —dije mientras rumiaba lo que había dicho. Supuse que aquello era una crítica solapada a sus exmaridos, un reconocimiento de que el tedio había estado instalado en sus matrimonios.

—El arte de la jardinería surgió cuando el hombre dejó de creer en el paraíso. Por eso en Estados Unidos está tan poco desarrollado —su risa me relajó considerablemente.

Jugué con ventaja y dije:

—Yo no creo ni en el paraíso ni en la jardinería.

—No creemos en nada —dijo ella mirando hacia Lindsay, que se acercaba hacia nosotros.

Lindsay casi se atropelló con sus propias palabras.

—Susy ha pisado un cactus sin querer y se lo ha cargado. No se atreve a decírtelo.

—Vaya —dijo Christina sonriendo. Cogió a su ahijada del brazo y la acompañó.

Caminé más por las espesuras de aquel espacio asilvestrado. Encontré una pequeña casa de ladrillo en un lateral del jardín. En la puerta, sentado en una *chaise longue* de mimbre, un indio sioux de unos dos metros de largo disfrutaba del sol y de la bebida. Tenía una larga melena de pelo completamente blanco y bastante enredado. Las arrugas de la cara eran muy profundas y se cruzaban bajo los pómulos en forma de retícula. Era un rostro curtido por el viento, el sol y los años, muchos años. Aunque se intuía a una persona fuerte y sana, su cara podía llevar más de ciento cincuenta años en el mundo, pensé. Un tronco viejo, un fósil que un día observó la llegada del hombre blanco y todavía sueña con que un día partirá.

No sabía si tenía que saludarle o contemplarle como una parte más del jardín.

—Buenas tardes.

Asintió. No me miró. Dio un trago de su vaso. Reconozco que su gran botella de Jack Daniel's me atrajo. Era un tipo serio y solemne. En cualquier otro sitio donde lo hubiera encontrado, o en cualquier otra posición, me habría dado miedo. Pero recostado en la *chaise longue,* y entregado a la degustación del sabor tostado del whisky, ofrecía un aspecto contemplativo, sereno, que invitaba a la empatía interracial.

—Estoy buscando al señor Tse —aventuré.

—Yo soy Tse —dijo—. Pero nadie acostumbra a llamarme señor Tse.

Su voz era seca, como su cara, como el entorno, como lo estaba ya mi gaznate.

—Ah —dije—. Solo quería preguntarle cuántos cactus hay en el jardín. ¿Eso es Jack Daniel's?

Se levantó y entró en la casita de ladrillo. Llevaba vaqueros ajustados, botas camperas y cinturón de cuero. Temí que saliera con un hacha o con algo similar, pero apareció con un vaso de cristal tallado, como el suyo, y me señaló el whisky.

—Me llamo Agustín —dije tomando la botella e intentando adaptarme a sus maneras escuetas.

—¿De dónde eres?

—De España, estoy haciendo un curso en Stanford.

Ahora lo que me señaló fue la otra *chaise longue.* Me senté. El Jack Daniel's estaba infinitamente más rico que el *bourbon* de Cynthia.

—Vivo dos años en España, isla Mallorca —me dijo entonces en español.

—¿En serio? Pero ¿tú eres...? —no estaba demasiado seguro de si llamarle indio era correcto del todo.

—Soy navajo.

—¿Navajo? —no sabía absolutamente nada de los navajos, aparte de que eran indios, como los apaches, los sioux o los comanches—. ¿Y qué es lo que hace un navajo en Mallorca?

—Hago misma cosa en todas partes —siguió con el español—. Nada y todo.

—Hablas muy bien mi idioma —le dije muy despacio, ahora yo también en español.

—No dices la verdad. No me respetas —regresó al inglés.

—Bueno, me ha parecido...

—Empiezas mintiendo, luego me engañas, terminas matándome —supuse que aquello era un compendio de la historia del pueblo navajo.

—Tienes razón —dije, y levanté mi vaso en señal de disculpa.

Permanecimos en silencio. Al rato le pregunté cómo había conocido a Christina. Tse no era la alegría de la huerta hablando, pero conseguí sacarle información, algo parecido a las sentencias que puede emitir un chamán. Al parecer, Tse tuvo alguna clase de problema en la reserva de Arizona donde había nacido y crecido y se fue. Estuvo unos cuantos años pululando por el mundo. No entendí bien cómo había acabado en Europa, pero el caso es que vivió dos años en Mallorca y luego en Alemania, donde trabajaba de jardinero. Dijo que Europa le decepcionaba tanto como Estados Unidos. Así que cuando conoció a Christina decidió volverse con ella. Indagué más en aquello. Por lo visto, Christina acababa de romper con su segundo marido y estaba recorriendo los museos y las catedrales de la vieja Europa, disfrutando de la vida como solo lo sabía hacer ella, dijo Tse. Le sorprendió mucho ver a un navajo de jardinero en su hotel de Hamburgo. Su padre había sido médico en Arizona y había tratado a cientos de navajos de manera altruista, así que ella también los conocía y los apreciaba.

—Me propuso venir a Palo Alto y vivir aquí —señaló hacia su espalda con el dedo gordo—. El jardinero anterior había seguido también los pasos de Michael, su segundo marido.

Di por hecho, atendiendo a su presencia y a su manera de hablar de Christina, que Tse no solo había sustituido al jardinero, sino también eventualmente al marido, pero esto no me atreví a preguntarlo, al menos de manera directa.

—¿Y Christina no tiene pareja ahora?

—No lo sé. Es su vida —dijo.

Seguimos saboreando el whisky. Tse daba unos tragos considerables. Yo me encontraba a gusto. De hecho, temía que apareciera de pronto alguna de las suculentas y me estropeara el momento. Me serví un poco más.

—Cuando Christina me ha dicho tu nombre pensé que era un nombre chino.

—Es un nombre navajo. Significa roca.

Volvimos al silencio. Realmente era extraño no ver ni a Christina ni a Cynthia ni a ninguna de las suculentas por aquella parte del jardín. Tse permanecía imperturbable, haciendo gala de su nombre. Era como un gigante sabio, más cerca del estereotipo hippie del hinduista que del estereotipo que yo pudiera tener de los indios americanos. Se había tomado ya dos vasos de whisky desde que yo me había sentado allí, pero no parecía afectarle mucho. La luz empezaba a desaparecer.

De repente, sin que yo le dijera nada, como si saliera de algún lugar muy profundo, como si decirlo en alto le ayudara a creerlo con mayor fuerza, o como si estuviera muy borracho, dijo:

—Respeto todas las cosas vivientes, incluida la Madre Tierra.

Preferí no responder.

—La Madre Tierra —repitió. Ya no parecía en condiciones de llevar su discurso más allá. Pensé que en determinadas personas el alcohol crea unas filias excesivas.

Christina llegó caminando con una sonrisa distraída y despreocupada a la vez. Me di cuenta de que yo tampoco estaba en condiciones de mantener una conversación decente con ella. Ni siquiera me moví de la *chaise longue*.

—Ya se han ido todas —dijo mirando el Jack Daniel's—. Creen que estás enfadado con ellas por lo del paso a nivel.

—¿Enfadado? Pero si estoy a punto de alcanzar la fusión con la Madre Tierra...

Asintió. Luego se dirigió a Tse.

—Ha venido una experta en cactus. Estaba indignada con el estado de Phil —deduje que los dos islotes tenían el nombre de sus fundadores—. Al menos podías regarlo un poco.

Tse asintió.

—Me voy a descansar —me dijo Christina—. Nada me agota más que la independencia de los Estados Unidos.

Se fue por un lugar que me pareció distinto a aquel por el que había venido, aunque quizá fuera el mismo. Tse y yo permanecimos bebiendo un rato más. En realidad ya casi tenía más vínculos con Tse que con la propia Christina, así que tampoco me pareció extraño quedarme con él.

—¿Quién riega a Michael? Su aspecto me ha parecido mucho mejor —dije en algún momento, pero creo que Tse no fue capaz de comprender mis palabras, al menos no fue capaz de responderme.

Un rato después dije:

—¿Qué crees que pasa si riegas un cactus con whisky? ¿Se lo guarda? ¿Lo convierte en un gran reserva?

Supongo que fue en ese momento cuando Tse se levantó, cogió un rollo de manguera de una carretilla que había allí cerca, lo cargó al hombro y se fue por el jardín. Cabían dos posibilidades: o iba a regar los cactus que le había dicho Christina o iba a colgarse de un árbol. Era un tipo realmente alto. Hacía tantas eses al andar que parecía que la propia manguera le desequilibrara. Sin embargo, era portentoso que a pesar de sus tumbos consiguiera mantener a la larga una trayectoria definida, e incluso aprovechara el movimiento pendular para cambiar de camino en algunos cruces.

Decidí esperarle en la *chaise longue,* aunque no quedaba mucho Jack Daniel's. Tomé un vaso más. Un rato después me levanté. La noche se estaba echando encima y me parecía que Tse tardaba más de la cuenta. Lo encontré tumbado en el suelo, boca abajo, abrazado a la Madre Tierra, junto a una boca de riego en la que había conseguido conectar la manguera. Estaba tan ebrio que no atendía a palabras ni a ligeros toquecitos con la puntera del zapato. Tiré de él con todas mis fuerzas para arrastrarlo hasta su casa, pero la Madre Tierra tiraba con una fuerza todavía mayor. Tse, la roca. Lo dejé allí, rodeado de cactus y con un frío creciente.

Me dirigí al chalet de Christina, pero antes de entrar me detuve un momento y volví sobre mis pasos. Cogí el extremo de la manguera y abrí la boca de riego. Gradué la intensidad del difusor de agua y, no sin delectación, he de reconocerlo, regué el primero de los islotes de cactus desde todo su perímetro. Phil. El agua salía de la manguera en forma de lluvia que caía oblicuamente. Los cactus atrapaban las gotas con sus espinas, las reconducían hasta su cuerpo carnoso y después las canalizaban hasta la tierra por las hendiduras y valles de su anatomía. Eran un primor geométrico de diseño perfecto, una exaltación del agua como el bien más plástico y preciado que se pudiera imaginar. Me quedé tan obnubilado que quizá regué demasiado tiempo. El islote se llenó de charcos y algunos riachuelos terrosos rebasaron sus límites.

Entré al salón de Christina con los pies ligeramente embarrados.

—¿Hay alguien? —la luz estaba apagada.

Una puerta oscilante se abrió y Christina salió de la cocina, con algo parecido a un *gin-tonic* en una mano y un plato de panchitos en la otra.

—Hola —dijo al verme—. ¿Quieres una copa?

—Claro, pero no quiero mancharte la alfombra.

—Ah, bueno, no pasa nada —y apartó la alfombra con el pie.

Me apunté al *gin-tonic* y a los nachos con guacamole de bote que me ofreció. Nos sentamos en los sofás.

—Tse no es lo que se dice una persona convencional —dijo al poco.

—No.

—Es navajo. Su relación con el mundo y con las demás personas está condicionada por su conciencia de navajo. Forma parte de su código genético, la resistencia a la cultura dominante que le rodea.

—Me lo ha parecido —dije.

—En cada decisión que toma, en cada palabra que te dice, está presente esa certeza, que él es navajo y tú no lo eres. Es una barrera que siempre he encontrado entre Tse y yo, él se encarga de levantarla a cada segundo —dio un trago y añadió—: Pero es una buena persona, tiene un magnetismo especial.

Me ofreció un cigarrillo y fumamos un rato en silencio. No resultaba embarazoso estar callado al lado de Christina. Ella misma parecía demandar esos intervalos de paz, dejando que su mirada se perdiera en la lejanía. Tuve la impresión de que conocía a Christina desde hacía ya muchos años, y al mismo tiempo el convencimiento de que era alguien difícil de conocer totalmente.

—¿Cuáles son los escritores favoritos de un profesor de Literatura? —me preguntó. Deduje que su ahijada Lindsay le había contado lo que sabía de mí.

—No tengo escritores favoritos.

—¿Qué estás leyendo ahora?

—Nada.

—¿No?

—Por algún motivo no puedo leer en Estados Unidos. La ficción ha dejado de tener sentido aquí —en realidad también en España llevaba mucho tiempo sin leer—. ¿Para qué sumergirme en otra ficción si ya la tengo delante de mis narices?

—¿Has venido a Estados Unidos porque necesitabas ficción? ¿Qué es lo que no te gusta de tu realidad en España?

—He tenido un año siniestro. Mi jefe me ha echado del trabajo, mi chica se ha largado y encima se ha muerto Michael Jackson.

Christina se rio. Luego pareció reflexionar sobre algo, pero por poco tiempo. De pronto, un terrible estallido en el jardín nos sobrecogió. Fue tal la dimensión de la explosión que creí que era el propio Tse el que había reventado. Pero los resplandores en el ventanal, y las subsiguientes detonaciones, me sacaron en seguida de mi equívoco. Eran, tal como Christina me confirmó, los fuegos artificiales del Cuatro de Julio, lanzados desde alguna de las colinas que rodeaban Stanford. Christina abrió la puerta del porche y salió fuera. Le seguí los pasos.

—Tienen fama de ser buenos, pero yo ya me he cansado de verlos. En cuanto te descuidas es 4 de julio y otra vez aparecen los fuegos artificiales por encima del magnolio.

Christina miraba hacia arriba con escaso entusiasmo.

—Un año empieza a parecerme un plazo demasiado corto, sobre todo para celebrar cosas —añadió.

—Ya —dije. Tres grandes esferas, roja, azul y blanca, se solaparon y crearon una espectacular forma de flor en el cielo—. Para mí en cambio es el primer Cuatro de Julio, y tengo que reconocer que no se parece a ningún otro día que haya vivido. ¡Guau! —dije ante una ristra de cohetes rojos y blancos, como las barras de la bandera. Estaba bastante borracho. De pie lo notaba más. Los fuegos me provocaban una cierta euforia. De hecho, sentía algo parecido a la piel de gallina—. Empiezo a echar de menos mi copa. ¿Te traigo la tuya? Hace buena noche.

No esperé respuesta. Simplemente fui hacia la puerta corredera del porche, que estaba abierta. Iba deprisa, para no perderme los fuegos. De hecho, di un saltito resuelto (con el que pretendía demostrarme a mí mismo que estaba en condiciones de beber mucho más) para entrar al salón. Pero no lo conseguí. Aunque de noche no se apreciaba apenas, la otra puerta corredera, la de la mosquitera, sí que estaba cerrada, tenía un mecanismo que siempre la devolvía a su posición. Estampé mi cara con bastante fuerza sobre la malla metálica, reboté, salí despedido hacia atrás y caí de culo al suelo.

Me levanté avergonzado cuando Christina se acercó a ayudarme. Me di cuenta de que hacía esfuerzos notables por aguantar su risa, pero llegó un momento en que no pudo más: empezó a reír doblada, de una manera extraña, silenciosa pero sin freno, al límite de sus fuerzas.

—Sois todos iguales —consiguió decir.

Me contó que su primer marido, Phil, se rompió las gafas dos veces en la mosquitera, y que el segundo, Michael, tenía por costumbre salir todas las noches a echar un último vistazo a su jardín de cactus y que cuando entraba, sistemáticamente, se estampaba contra esa mosquitera que él mismo, obsesionado con los mosquitos, reparaba cada cierto tiempo.

—Me alegro de haber alcanzado el mismo estatus que tus exmaridos. Supongo que es un importante salto jerárquico —me llevé la mano a la nariz, y vi las yemas de mis dedos teñidas de rojo.

—Ven —dijo Christina sujetando la mosquitera—, te voy a dar un poco de hielo.

Me senté de nuevo en el sofá mientras Christina preparaba el hielo en una bolsa de plástico. Los fuegos artificiales continuaban en el exterior. Me puse el hielo en la nariz, pero aparte de manchar de sangre la bolsa no conseguí mucho más. Cada vez caían más gotas, así que tuve que ir al baño a lavarme.

—Realmente ha sido uno de los días más disparatados de mi vida —dije al volver—. Pero me gusta.

Christina sonrió.

—Ay, son estupendos los disparates.

—Sí.

—Nos aburriríamos sin ellos.

—Chocarse con una mosquitera no es que sea el colmo de la diversión, pero al menos es diferente.

—Phil, mi primer marido, decía que las personas de hoy no sabemos aceptar la rutina, lo que siempre ocurre. Decía que tenemos que aprender de los orientales, que saben convertir lo repetitivo en ceremonia, en una forma de fidelidad a sí mismos.

—Y también en una forma de resignación. Al final esos rituales y ceremonias lo que nos enseñan es a ser obedientes.

Christina asintió.

—Él lo era. Solo aspiraba a la tranquilidad. Hablaba de un rumor cálido que le acunaba cuando cuidaba sus cactus o cuando leía arriba en la biblioteca.

En ese momento los fuegos artificiales terminaron con una gran explosión. Algo en el jardín se movió, con un peculiar balanceo que en seguida identifiqué. Tse se había despertado de su siesta y volvía resignadamente a su reducto.

Necesitaba otra copa, así que le propuse a Christina encargarme yo mismo de la siguiente ronda. Preparé los *gin-tonics* en el mueble bar, pero Christina me pidió que trajera más panchitos de la cocina. Mientras los buscaba, se me ocurrió darles cierta gracia a nuestros combinados, aunque yo no sea muy amigo de añadirle inventos raros al alcohol. Estaba cortando una rodaja de puerro cuando oí una voz femenina a mi espalda.

—Buenas noches.

Me asusté.

Me giré y vi a una joven de rasgos orientales. Christina me había comentado que la chica filipina que vivía en su casa había salido a celebrar el Cuatro de Julio, así que sin duda era ella. Había aparecido por una puerta de cristal que daba al jardín delantero. Estaba congelada en el sitio y su rostro tampoco parecía capaz de expresar demasiadas cosas.

—Buenas noches —dije.

—¿Quién es usted? —miraba mi nariz, sobre la que debían de quedar restos de sangre, y también el puerro en la encimera.

—Soy amigo de Christina —le tendí la mano—. Encantado. Me llamo Agustín.

—Rowena —dio un paso hacia mí para entregarme su mano desmayada—. ¿La señora está en el salón?

—Sí —dije.

Rowena me ayudó a encontrar lo que necesitaba: la pimienta, la lima, los panchitos y una especie de trituradora de carne con la que picamos el hielo. Me contó que había estado celebrando el Cuatro de Julio con unas amigas. Era una chica joven, pequeña y recatada. No me miraba a los ojos, aunque noté que había algo en mí, en mi indumentaria, en mi presencia, que, aun intimidándola, la atraía.

Christina no estaba en el salón, así que pedí a Rowena que fuera a buscarla. La filipina regresó al poco tiempo desde el piso de arriba.

—La señora estaba muy cansada y se ha ido a acostar —dijo mirándose las manos—. Mañana tiene que madrugar.

—¿Qué? Pero...

¿Se habría molestado por algo Christina?

—Me ha dicho que si lo desea puede dormir allí, en el cuarto que hay junto al baño.

—Ah.

Aquello me tranquilizó. Era una posibilidad más que interesante.

Me quedé a solas con las dos copas. El puerro tenía un sabor demasiado fuerte, pero no estaba mal. Un rato después Rowena se asomó desde la puerta de la cocina.

—Buenas noches.

—Buenas noches, Rowena. ¿No quieres una copa? Sabe a purrusalda.

—Gracias, no bebo —señaló hacia el jardín—. Cierre la puerta corredera. No me fío un pelo del indio.

—Ah —dije.

Me quedé dormido en el sofá. Al amanecer, muerto de frío, busqué el cuarto que me había mencionado la filipina y entré. Hacía mucho tiempo que no me metía en una cama tan bien hecha.

5

Existen algunos lugares del nuevo continente en los que el uso de la persiana es conocido, y la
casa de Christina era uno de ellos. Esto quiere decir
que al fin pude dormir de manera profunda hasta
una hora decente. Conseguí salir de la habitación
(era la segunda mañana consecutiva que me levantaba con resaca) y lo primero que encontré fue un
taburete con dos toallas y un cepillo de dientes de
hotel. Aquella gentileza, que imaginé de Rowena,
me gustó, me hizo sentirme bien acogido desde el
primer momento.

El desayuno fue prodigioso y restaurador. Lo
tomé yo solo, en el porche, atendido por Rowena,
quien me informó de que Christina había ido a nadar, como todas las mañanas, a Rinconada Pool,
una piscina pública que estaba cerca de allí. Me sorprendía que Christina, fumadora, bebedora y tan
aparentemente descreída, se entregara a la conven-
ción social del ejercicio físico. No me parecía que
respondiera al patrón de la esforzada mujer que, ya
entrada en años, y para luchar contra lo inevitable,
va de un lado a otro de una piscina de agua tem-
plada. Aunque lo cierto es que seguía sin saber mucho de ella.

Rowena seguía eludiéndome la mirada por
la mañana, pero, como se hizo evidente en un par de

ocasiones, sí me miró cuando estaba a mi espalda. Por lo demás, se tomaba las cosas con bastante tranquilidad, lo que parecía un rasgo común a las personas que vivían en aquella casa. Todos daban muestras del mismo espíritu contemplativo, marcado por la serenidad, pero también por cierta desidia y cierta arbitrariedad. Rowena empezó a recogerme los platos del desayuno, aunque cuando vio que yo también llevaba cosas a la cocina se fue a aspirar el piso de arriba.

Por suerte, Christina había dejado su tabaco en el salón la noche anterior, así que dejé de llevar cosas a la cocina y me fumé un pitillo en una de las tumbonas del jardín. Se estaba bien allí, muy bien, diría yo. La mañana era estupenda, los parabienes recibidos hasta el momento, reconfortantes, y el recuerdo de la atractiva, irónica e impredecible Christina lo mejoraba todo aún más.

Entre tanto, Tse iba y venía con la carretilla: había decidido hacer caso a las advertencias de su jefa y arreglar a Phil, el islote de cactus abandonado. Le hice un gesto de saludo con la cabeza, pero me ignoró. Creo que en cierto modo me hacía responsable de la tarea que le había caído esa mañana y, seguramente, las siguientes.

Pasé bastante rato en aquella tumbona, a la espera de ver qué buenas nuevas me deparaba el día, como si aquel lugar, aquella casa, aquel país en general fueran un gran escenario y uno solo tuviera que dejarse deleitar con los cambios de decorado y los sorprendentes giros de la acción. A media mañana, decidí buscar a Rowena. Estaba en la cocina, con la radio encendida, oyendo algo parecido a una mi-

sa. La pillé en el preciso momento en que se santi-
guaba. Luego se dio la vuelta para evitar mi mirada
y bebió de un refresco que tenía sobre la encimera.

—Sin pecado concebida —dije en español
mientras ella bebía.

—¿Cómo? —dijo girándose. Aunque fuera
filipina, no sabía una palabra de español.

—¿Sabes si la señora va a tardar mucho?

—A veces no tarda —era una respuesta verdaderamente ambigua. En realidad creo que Rowena solo quería protegerse de mí, de mi presencia
intimidatoria en su territorio, quitarme de la cabeza la hipotética idea de que disponíamos de tiempo
por delante los dos a solas.

—Bueno, le das las gracias de mi parte en
cualquier caso. Dile que estaré encantado si nos vol-
vemos a ver —había decidido ir a mi casita de Escondido Village, donde, entre otras cosas, tenía mi
tabaco, mi máquina de afeitar y quizá alguna otra
prenda más limpia que aquellas que llevaba puestas.

—De acuerdo.

—¿Conoces Escondido Village?

—No lo conozco.

—Es igual. Está en el Camino Real, me preguntaba si tú podrías acercarme...

Rowena cogió su refresco rojizo y salió por
la puerta de cristal sin esperarme. Supuse que aquella
era una respuesta afirmativa a mi petición. Le seguí
los pasos.

Me llevó en el coche de Christina, un Dodge
de los años setenta, uno de esos vehículos enormes
y rectangulares que parecen sacados de un capítulo de *Starsky y Hutch*. Me impresionó, tanto verlo

aparcado en la calle como montar en él. A pesar de no ser un coche demasiado bueno y de estar tan viejo, a su lado todos los coches modernos parecían chatos y faltos de carisma. Por dentro era ancho y confortable como una habitación. Decidí que era difícil encontrar un coche que pudiera pegarle más a Christina, aunque también, viendo la familiaridad con que lo conducía Rowena, tuve la certeza de que era ella su principal usuaria. Encendió la radio con soltura mientras se incorporaba a la calzada. La que resultó ser una emisora de la Iglesia Filipina Independiente comenzó a impartir doctrina sin rubor. Rowena no abrió la boca en todo el trayecto, pero tampoco parecía escuchar con demasiada atención. Me resultó curioso oír hablar del mensaje de Jesús, la luz de Jesús, el amor de Jesús en aquel entorno. Desde nuestros asientos, además del morro plano e infinito del Dodge Dart, veíamos los aspersores regando las praderas delanteras de una casa tras otra, las mujeres haciendo *footing* al sol, los estudiantes en bicicleta por las aceras o los niños jugando al béisbol en el parque. Pero Jesús seguía empeñado en irradiar amor. Invitaba a todos a seguir su ejemplo y ofrecer la otra mejilla siempre que hiciera falta.

—Adiós, Rowena, gracias, en esta casita vivo yo —me fijé en el nombre de su refresco—. Cuando quieras te invito a un Dr. Pepper.

Rowena asintió pero no se giró para mirarme, claro. Cuando arrancó, las ruedas derraparon un poco sobre la gravilla de mi aparcamiento, o así me lo pareció a mí. Visto desde atrás, el coche era feo con alevosía.

El C. E. V. (Colada en Escondido Village) era un protocolo que había creado Lidia con todos los pasos que tenía que seguir para hacer la colada en las lavadoras comunales de Escondido Village. La mayoría de las casas de aquellas residencias tenían lavadora; aunque Stanford no las proporcionaba, eran los propios estudiantes los que las compraban. Pero no era el caso de mi peruano. Como resultó evidente desde el primer momento, el hombre no había aportado a la casa nada que no viniera de serie.

El primero de los pasos que Lidia me había marcado en su documento era hacerme con un *trolley* de juguete de los muchos que había tirados por la yarda. Un *trolley* era una especie de remolque con un tirador muy largo que los niños utilizaban para llevarse unos a otros. Al parecer, las decenas de juguetes esparcidos por la yarda no pertenecían a ningún niño en concreto, sino que era la propia universidad la que los proporcionaba. Esta me pareció una buena prueba de lo inteligentes que eran las estrategias comerciales de las universidades americanas. Atraían a estudiantes e investigadores a sus campus utilizando, entre otros, un principio infalible: no hay mejor manera de seducir a un adulto que seducir a su hijo.

No había demasiados niños jugando en la yarda a aquella hora, pero las madres que los acompañaban me miraron con fijación e incluso, diría yo, desaprobación, cuando me vieron coger el más grande de los *trolleys,* llevarlo hasta la puerta de mi terraza, cargarlo con una montaña de ropa sucia y emprender el camino del edificio alto que había al otro lado del aparcamiento de nuestra yarda. Que Lidia utilizara los *trolleys* de los niños para llevar su ropa sucia no significaba que todo el mundo lo hiciera.

—¿Adónde vas? —los pocos niños que había me rodearon, por supuesto. Tenían una edad difícil de identificar, entre los cinco y los diez años, o quizá más. No figura entre mis especialidades la de averiguar la edad de los niños. A varios de ellos les faltaban dientes, un rasgo este que nunca me ha provocado simpatía, sino más bien desagrado.

—¿Qué llevas ahí?

—¿Me dejas tirar?

—Ese *trolley* lo íbamos a utilizar nosotros. Es nuestro.

—No es para los mayores.

Eran peores que una pandilla de monos. Como sabía que las madres me estaban observando, procuré tener bastante paciencia.

—Vale, no lo vuelvo a coger, os lo prometo.

—Yo quiero tirar —dijo uno intentando apartar mi mano de la empuñadura. Otro de ellos se tumbó boca abajo sobre mi ropa sucia para que le llevara. Me paré en seco. Saqué un billete de cinco dólares del bolsillo y se lo di al que parecía más mayor.

—A ver, tú. Toma esto. Es para los cinco. Tú eres responsable de repartirlo. Gastáoslo en lo que os dé la real gana, pero a mí dejadme en paz.

Pude salir de la yarda sin problemas. Los cinco niños se habían quedado adheridos al billete, y ya podía intuir las primeras discusiones entre ellos.

El resto de los pasos marcados en el protocolo C. E. V. fueron también complicados. El edificio alto en el que se encontraban las lavadoras era una residencia para estudiantes solos, quiero decir, sin hijos ni pareja ni acompañantes de ningún tipo, pero tan caótica y cutre que parecía hecha por un constructor español. Por eso no fue nada fácil encontrar el sótano, al que curiosamente solo se podía acceder en ascensor, ni aquella sala alargada repleta de lavadoras. Hacía muchísimo calor. En la habitación de al lado, un grupo de orientales jugaban al ping-pong en camiseta de tirantes. Conseguí que me cupiera toda la ropa en un solo tambor y giré el programador al máximo. Era extraño, aquello empezó a hacer ruidos y a dar vueltas, pero me di cuenta de que no había echado jabón, de que no había ningún lugar aparente donde se pudiera echar y de que yo ni siquiera tenía jabón, porque hasta entonces no me había parado a pensar en que lo necesitaba.

A mi lado apareció una chica que, sin llegar a la talla de mis suculentas, tenía buenas dimensiones. Llevaba un pantalón gris que bien podía ser de chándal o de pijama y una camiseta blanca muy corta. El elástico del pantalón estaba doblado sobre sí mismo, de manera que la franja visible de su abdomen curvilíneo era bastante grande.

—Hola —le dije. Quizá fuera americana, o inglesa, o incluso alemana. Era castaña, su pelo rizado parecía recién salido de la ducha.

Me miró e hizo un atisbo de saludo con la barbilla. No parecía el ser más amable del mundo.

—¿Sabes por dónde se le echa el jabón a esta lavadora? —pregunté, sabiendo que este era el tipo de preguntas que pueden sacar de quicio a una mujer.

—Eso no es una lavadora —me dijo. Tenía un acento duro. Descartados Estados Unidos e Inglaterra—. Es una secadora.

—Vaya —dije—. ¿Y las lavadoras?

La chica señaló con el pulgar hacia su espalda. Entendí que la fila de electrodomésticos que había en la pared contraria sí que eran realmente lavadoras. Todo esto me habría quedado muy claro si hubiera continuado leyendo el C. E. V. de Lidia, pero no lo había hecho.

Cambié la ropa de lugar.

—¿De dónde eres? —en realidad las maneras escuetas de aquella chica habían hecho que perdiera el interés por su persona, pero necesitaba un preámbulo para poder pedirle un poco de jabón—. Déjame averiguarlo, ¿Alemania?

—España.

—¿Eres española? —dije en español. Me parecía fascinante que alguien de mi país hubiera llegado allí por méritos propios.

—¿Tú también? —ahora me miraba, sonreía, parecía tan extrañada como yo—. Soy Raquel, encantada, eres el primer español que conozco por aquí.

Tras decir esto, no sé por qué, se estiró la camiseta y devolvió el elástico del pantalón a su posición natural, mucho más decente. Por lo visto, la chica, que era de Valladolid, llevaba un mes en Stanford y estaba preparándose para empezar un posgrado de Químicas el curso siguiente. No hizo falta que me contara muchas cosas para que me diera cuenta de que la criatura era un cerebrito. Estaba allí gracias a una beca Fulbright. Lo interesante era que en su discurso alternaba el español y el inglés con total naturalidad.

Me regaló varias dosis de jabón de lavadora, de esas que vienen encapsuladas en plástico. Después, mientras subíamos en el ascensor, me contó que su máster tenía una aplicación muy directa en *nanotechnology* y que eso le abría de par en par las puertas del Silicon Valley.

—Es impresionante —le dije, y aunque había algo de ironía en mis palabras, también había algo de cierto—, me siento orgulloso, nunca había tenido esta sensación tan intensa de poder tocar el futuro con mis propias manos, de tenerlo delante de mí, materializado en el cuerpo de una persona.

—Mira —dijo, y señaló algunos objetos viejos que había en el suelo del portal junto a la puerta del edificio. Había libros, comida envasada, platos, cubiertos, un par de sillas, una lámpara, una cafetera eléctrica...—. Cuando los estudiantes regresan a sus países dejan aquí lo que no quieren llevarse, por si le sirve a alguien.

—¿Podemos coger lo que queramos?

—Lo que queramos.

—Estos platos me vendrían que ni pintados, y las sillas igual —dije.

—Pues a mí esta cafetera ni te cuento, y la lámpara la verdad es que también.

—Me cojo estos cubiertos, mi cocina está vacía.

—Este paquete de servilletas está sin abrir y..., ¡mira, *barbecue sauce,* me encanta!

Seguimos mirando. Me pareció que la sobreexcitación que sentimos ante aquel «gratis total» nos vinculaba mucho más que nuestra procedencia común. Raquel apartó unos cuantos cachivaches más para llevarse y yo cargué los míos en el *trolley*. Me dio dos besos de despedida.

—Raquel, encantado de haberte conocido.

—Nos vamos bien cargados, ¿eh?

—Sí, no es nanotecnología, pero también sirve —dije, y la oí reírse cuando se alejaba con todos sus enseres.

No llevaba ni diez pasos por el camino interior de la yarda cuando tras los árboles, tras los columpios, tras los bancos, aparecieron no solo los niños de antes, sino también otros muchos que sin duda habían sido informados de mi dadivosidad. Me cortaron el paso.

—¿Tienes más dinero? —dijo uno.

—Esta vez lo reparto yo —dijo otro.

—Si nos lo das en monedas es más fácil de repartir —dijo un tercero.

—O si no, un billete a cada uno —dijo otro.

Traté de hacerles ver que no estaba dispuesto a darles más dinero, pero eran poco receptivos a esa clase de mensajes. Varios de ellos, como era previsible, mostraron mucho interés por el cargamento que llevaba en el *trolley*.

—¿Para quién son estas sillas?

—A mí me gustan.

—¿Nos las dejas?

—¿Y los platos?

Por suerte, una madre muy gruesa, embutida en una camiseta cinco tallas más pequeña que la que le correspondía, se acercó a nosotros. Curiosamente los niños se alejaron a una distancia cautelar de tres o cuatro pasos, igual que hacen las hienas ante la presencia de un león.

—Perdone, le ruego que no dé más dinero a los niños, no es conveniente.

—Ya, tiene usted razón, no debería habérselo dado.

—Nunca más. Varias madres han protestado por este tema —lo decía con tanta firmeza que la mujer imponía bastante. Mientras hablaba se estiraba los dedos de una mano con los de la otra, como haciendo gala de la fuerza larvada que había en ellos. Supuse que eran sus maneras autoritarias, más propias de una academia militar que de un parque infantil, las que habían acabado convirtiéndola en representante del resto de las madres de la yarda.

—Descuide, voy a intentar que me devuelvan lo que les he dado. Esos niños tienen que aprender a respetar a los mayores.

Me giré para dirigirme a los niños, pero habían desaparecido, y también mi *trolley*. Se habían adentrado en una pradera y habían montado sobre la hierba una especie de picnic con los platos y las sillas.

—Con su permiso —dije a la mujer embutida, y fui a hablar con ellos.

Llegué al centro de la pradera con el dedo acusador levantado.

—Todo eso que veis en el suelo, y que habéis cogido sin permiso, es mío, espero que lo sepáis, maleducados.

La verdad es que era interesante lo que habían hecho: los platos, con bastantes de los cubiertos, formaban un rectángulo perfecto sobre la hierba, y en los lados cortos del rectángulo estaban las dos sillas presidiendo. No dejaba de sorprenderme que aquellos niños fueran capaces de jugar. Lo que yo hubiera esperado era que corrieran a venderle mis objetos al primer adulto que encontraran por la calle, pero nunca que conservaran la ingenuidad suficiente como para jugar a las cocinitas.

—¿Nos lo dejas?

Me encendí un pitillo. Cavilé un momento. No tenía fuerza para discutir con esos críos. Después de todo, era evidente que ellos iban a sacarle más partido que yo a todo aquel menaje cochambroso. Así que cogí los cubiertos que quedaban en el *trolley,* que todavía podían serme de utilidad, y me fui de allí.

—Perdone —era la mujer sargento—, eso sí que no. Está terminantemente prohibido fumar en Escondido Village.

—¿También aquí fuera?

—En todo Escondido Village —marcó con fuerza la palabra «todo», haciendo ver con ello la gravedad de mi incumplimiento del código militar.

La miré. La verdad es que era enervante aquella mujer, pero apagué mi pitillo en el suelo. Luego, cuando me reincorporé, volví a cruzar la mirada con ella y le entregué los cubiertos que llevaba en la mano.

—Tome.

—¿Por qué me da esto?

—No lo sé.

—¿Les ha dado cuchillos a los niños?

Ahora sí que perdí la paciencia:

—¡Yo no les he dado nada, son ellos los que me los han quitado, quizá debería preocuparse un poco más de educarlos a ellos y dejarme a mí en paz!

A primera hora de la tarde, cuando a mi ropa aún debía de faltarle un rato de secadora, oí el claxon de un coche en la puerta de casa. Era Christina, con su Dodge Dart, y una sonrisa de oreja a oreja. Parecía Katharine Hepburn en su edad provecta preparando alguna de sus travesuras, y yo me sentí como Cary Grant.

—¿Te vienes a San Francisco?

—¿A San Francisco?

—Cámbiate y ven.

—No puedo cambiarme. Toda mi ropa se está lavando.

Christina me miró de arriba abajo.

—Ven así, estás estupendo.

Antes de coger la autopista paró en el centro comercial de Embarcadero Road, bajó delante de una tienda de ropa y regresó con una camiseta para mí, negra, muy parecida a la que tenía, pero limpia. Me cambié en el propio coche, mientras Christina surcaba el Camino Real sin perder un segundo.

La autopista por la que me llevó era como una gran alfombra sobre la que se desplazaban muchos coches al mismo tiempo. Ciertamente eran fascinantes las autopistas de Estados Unidos. Me parecía que los coches bailaban, que no había normas, que todos disfrutaban del espacio con libertad. Coches grandes, altos, con ruedas inmensas. Podían per-

manecer mucho tiempo en paralelo, a veces se po-
nían por delante los de la derecha, a veces los de la
izquierda. Era una sensación muy distinta a la de
España. Relacioné esos frentes de coches circulando
con el espíritu de los colonos (otra vez me acordaba
de ellos) que ensancharon los límites del país. Por
aquella autopista con nombre de misionero español
(Junípero Serra) los veía avanzar a la par hacia un
territorio ignoto, gigante y plano, sin normas pre-
determinadas.

Christina paró en una gasolinera y quiso que
nos bajáramos los dos. Compró una bolsa de palomitas de colores, lo que me sorprendió. Todavía no
conocía la relación de aquella mujer con la comida
y su afición a comer cuantas porquerías se pusieran
a su alcance.

—Mira, coge esas Coca-Colas —señaló con
la barbilla dos vasos enormes que el chico de la gasolinera estaba llenando.

—¿Has pedido Coca-Cola?

—¿No querías eso?

Esperé a que el chico terminara de llenar los
vasos. Cuando me di la vuelta, Christina había desaparecido, lo cual empezaba a resultarme familiar.
Indudablemente, no destacaba entre sus costumbres
la de esperar a los demás, al menos a mí.

Estaba en el coche, comiendo palomitas. Tengo que decir que su manera de sacarlas con tres
dedos de la bolsa y de introducírselas en la boca de
forma casi inapreciable era muy distinguida. Ella
por sí sola era capaz de otorgarle dignidad a un acto
tan lamentable como comer palomitas de colores.
También yo tuve mi dignidad a la hora de no ma-

nifestar mi opinión sobre el sabor de dichas palomitas, y sobre el no menos empalagoso sabor de la Coca-Cola.

San Francisco es una ciudad muy extraña. Una de las cosas más extrañas que tiene es que puedes ir a verla y no verla. Fue lo que ocurrió aquel día. Ya en las inmediaciones me di cuenta de que la autopista se dirigía hacia una gran nube gris, densa y con apariencia de tóxica. Era impresionante. Pensé en fenómenos sobrenaturales. Me sorprendió que Christina se atreviera a adentrarse en la masa de niebla, que, curiosamente, coincidía con precisión aritmética con los límites del término municipal de la ciudad, según indicaba una señal que por casualidad alcancé a ver.

La autopista desapareció poco después. De una forma que me pareció bastante milagrosa habíamos llegado al *downtown,* el distrito financiero y comercial de San Francisco. La luz era extrañísima y muy variable. La parte de arriba de los rascacielos estaba bien metida en la niebla, aunque a veces algún claro permitía que penetrantes haces de luz solar rebotaran sobre los cristales y crearan sensaciones todavía más fantasmagóricas y teatrales. Nadie podía entender cómo aquella ciudad agitada y vertiginosa había aparecido en medio de una nube tan opaca. Algunas ráfagas de viento traían masas de niebla más densa que no permitían ver más allá del coche de delante, y el tráfico se detenía casi por completo.

Cruzamos una avenida muy ancha con las aceras rojas y de repente nos vimos subiendo una calle recta e increíblemente empinada. Por un momento pensé que Christina se había metido en un parking sin darse cuenta y que estaba subiendo a los pisos superiores, pero me extrañó que el parking tuviera tanta niebla. Noté que el Dodge reducía automáticamente las marchas y que el motor acusaba el esfuerzo. Estábamos, sin ninguna duda, en pleno meollo de San Francisco. Me llamó la atención que a pesar de la verticalidad de las cuestas la gente respetara con tal escrupulosidad los stops. Personalmente, preferiría exponerme a un accidente antes que detenerme en uno de aquellos stops. ¿Quién podía garantizarme que el coche no se vencería hacía atrás o que yo tendría la fuerza suficiente en la pierna para pisar el freno?

Lo increíble de San Francisco es que estando donde está tenga esa planificación urbana ortogonal. Es como si cuando empezaron a construirla alguien se hubiese equivocado y le hubiera aplicado los planos destinados a una ciudad en el desierto. Estados Unidos es un país tan nuevo que el trazado de las calles, de las carreteras o de las fronteras interestatales responde siempre a los designios de un delineante y no a las vicisitudes de la historia. El concepto de historia en Estados Unidos está muy acotado. En las programaciones escolares le dedican una hora a la semana y les sobra tiempo. Sea como sea, resulta disparatado empeñarse en aplicar la estructura de retícula en una ciudad repleta de colinas, porque obliga a poner unas pendientes imposibles y unos cruces surrealistas. Para superar desniveles como los que se superan en San Francisco, cualquier ciudad tendría un montón de curvas y contracurvas, o, directamente, un tren cremallera. San Francisco no. San Francisco apuesta por la línea recta y, para hacerlo más emocionante, la salpica con stops que permitan ejercitar el arte del cambio instantáneo de pedal.

A pesar de la niebla y de las pendientes, Christina parecía tener bastante claro el itinerario que quería seguir. Me habló de la niebla durante el verano y de las peculiaridades climáticas de San Francisco por su ubicación en la embocadura misma de una gran bahía. Salimos del centro y atravesamos un par de barrios más residenciales. Nuestra calle, que ya más bien parecía una carretera, se metió en un parque llamado Presidio. Tras atravesar un bosque, Christina tomó un desvío a la derecha y empezó a subir por una carretera estrecha llena de curvas. A los lados de la calzada apenas podían distinguirse gruesos troncos de árbol iluminados por los faros. El agua pulverizada de la nube que lo invadía todo obligó a Christina a poner el limpiaparabrisas. También encendió la calefacción.

Poco después se detuvo en una especie de aparcamiento en el arcén. No se veía nada alrededor, pero algún motivo debía de tener para llevarme allí.

Paró el motor y me miró con una sonrisa.

—Ven —dijo, y abrió su puerta.

Nos pusimos delante del coche. Hacía un frío espeluznante. Mi ropa veraniega tan apropiada para Stanford aquí resultaba ridícula. Era como si en solo cuarenta millas hubiéramos cambiado de hemisferio.

En medio del gris, el oído se convertía casi en la única fuente de información.

—¿Qué es ese ruido? —pregunté.

—La autopista. Pasa por debajo.

—Ah.

—Tenemos que estar en silencio —dijo Christina.

Conseguí encenderme un cigarro, aunque las gotas de agua en suspensión, que se posaban sobre mi cara y también sobre el pitillo, no me lo pusieron fácil. Lo compartí con Christina.

Por algún lugar entre la niebla nos llegaron también los desgarrados gritos de algunas gaviotas, solo los gritos, a veces muy intensos, a veces muy lejanos, como mecidos a voluntad del viento. Señalé en la dirección de los gritos, pero Christina me hizo un gesto para que esperara.

Entonces lo oí. El sonido vibrante, mantenido, ronco, como el gemido de un gigantesco animal, como la bocina de un barco cuyas dimensiones no se pudieran comprender. Luego, poco después, desde la lejanía, dos gemidos más cortos y agudos, con un breve intervalo entre ellos. No sabía lo que era, pero impresionaba.

Interrogué a Christina con la mirada.

—Son las sirenas del Golden Gate —dijo devolviéndome el pitillo—. En los días de niebla, que son casi todos en verano, informan a los barcos de la ubicación exacta del puente. La primera, la más grave, está en un pilar del puente, e indica la vía de entrada a todo el tráfico marítimo. La segunda indica la vía de salida desde el otro pilar.

—¿Está cerca el puente?

—¡Está ahí mismo, ahí abajo! —dijo entusiasmada—. No podrás decir que has visto el Golden Gate, pero sí que lo has oído. Y quizá también que lo has sentido. ¿No notas en tu piel la atracción gravitatoria de esa gigante masa de hierro?

—Puede ser.

Permanecimos un rato en silencio, hasta que sonaron de nuevo las sirenas. Juro que, tal como decía Christina, entre la lluvia fina, con la cara empapada, creí sentir el descomunal tamaño del puente frente a mí.

Tomamos un tentempié en un cibercafé de una calle muy poco animada. Me sorprendió que Christina no tuviera un sitio mejor al que llevarme.

—Pensaba que el alcohol en San Francisco también estaría escondido tras la niebla —dije saboreando mi cerveza.

Christina sonrió distraída. Miraba por el local, más bien oscuro y decadente, y muy vacío a aquella hora. Luego sus ojos me buscaron. Habló acercando su cara a la mía.

—Entonces ¿no te ha interesado el Golden Gate? —dijo con expresión traviesa.

—¿A mí? —respondí tontamente, no por nada sino porque la cara de Christina estaba ya pegada a la mía. Me besó, me besó sin ningún pudor, sus labios empezaron a acariciar los míos y luego los mordisquearon, y yo me entregué a ella, a su calor, a su humedad, a su aliento entre dulce y polvoriento. Era en verdad una mujer imprevisible, pero hacía mucho tiempo que nadie conseguía excitarme de esa manera.

La camarera nos pilló de lleno. Llegó con mi plato de pasta y con las patatas fritas (sí, así, un plato de patatas fritas) que había pedido Christina.

—Gracias, encanto, es perfecto —dijo Christina a la camarera, y cuando esta se hubo ido se dirigió a mí—: ¿Me acercas la sal?

—Claro.

Todavía era de día cuando terminamos de cenar, así que tomamos un par de copas más en un local más animado de otra calle. Era una especie de galería de arte, y ahora la media de edad a nuestro alrededor no llegaba ni a la mitad de la nuestra. Apenas nos habíamos sentado cuando Christina vio entrar, junto a otras personas, a un tipo al que conocía. Se dieron un abrazo y hablaron con desenvoltura. Christina invitó al chico (en realidad era bastante más joven que yo) a tomarse una copa con nosotros. Trabajaba para Apple como diseñador. Demostró ser un buen conversador, seguro de sí mismo, una de esas personas sanas y desenvueltas capaces de erigirse en centro de cualquier reunión. Cuando Christina ironizó sobre la voracidad de las empresas multinacionales, el tipo soltó una carcajada y le hizo un cariño en el brazo. Poco después se le acabó la Coca-Cola Light, dijo que se tenía que marchar con sus amigos y nos dejó de nuevo solos.

—Gran persona —dijo Christina.

Asentí.

—A lo mejor es un degenerado en sus ratos libres —dije entonces. Creo que me sentía un poco celoso. Ese beso sin continuación que nos habíamos dado un rato antes me tenía alterado.

Christina se rio.

—Todo el mundo es soberano en sus ratos libres —dijo—. Tú también.

—Este es mi rato libre.

Permanecimos un tiempo en silencio.

—¿Te gustó la habitación donde dormiste anoche?

—Estupenda.

—Te adaptas con mucha naturalidad a las cosas.

—¿Sí? Puede ser.

Un poco después añadió:

—Además, sabes estar en silencio.

Ya era de noche cuando abandonamos el local. Christina me pidió que condujera yo, porque ella había bebido demasiado y temía dormirse en la autopista. Por suerte, antes de hacerlo a mi lado, fue capaz de guiarme para salir de aquella endiablada ciudad.

No me importó conducir. Fue una sensación estupenda la de llevar el Dodge. Era feo y lento de reflejos, pero notabas algo distinto en la vibración del motor. La autopista estaba muy tranquila y el coche avanzaba con una determinación inequívoca, la misma que mostraba Christina por dormir. Me sentí de nuevo como Cary Grant llevando a la *fiera de mi niña* narcotizada. Cuando llegué a Palo Alto, procuré quedarme lejos de la señal en todos los stops, por miedo a que el morro invadiera el cruce.

Fue un alivio liberarse de la nube tóxica de San Francisco y regresar al clima suave de Palo Alto. No sé si fue la benignidad del clima o alguna otra cosa lo que despertó a Christina en el momento mismo en que entrábamos en su calle.

La acompañé al interior de su casa. En el mismo descansillo, junto al primero de los niveles del salón, el de la biblioteca de su primer marido, Christina me dijo:

—¿Quieres que nos acostemos?

—Por qué no —respondí.

Subimos a su dormitorio por una escalera pegada a un ventanal. Me paré un momento. Me preguntaba si sería buena idea coger una botella, la hielera y un par de vasos.

—Si te atrae más Rowena, me lo dices —dijo Christina sonriendo. Era capaz de llevar su sarcasmo hasta las últimas consecuencias.

—Todo queda en casa, ¿no? —solté una carcajada.

La cama de su habitación era inmensa. El suelo, de moqueta. En una esquina había un sillón de los que te masajean las piernas, y al lado, sobre una mesa, un montón de libros. Christina echó la cortina de la ventana y me abrazó.

6

Me quedé muchos días allí. Era el lugar perfecto, el que mejor se adecuaba a mis necesidades vitales de ese momento, y las cosas que fueron sucediéndose me alentaron a convertirlo en el centro de referencia de mi estancia en Estados Unidos. Si aquello era América, ¡cómo me gustaba América! ¡Qué agradecido debía estarle a Lidia por empaquetarme hacia ese continente de placeres excelsos!

Ocurrió además que Escondido Village dejó de ser un lugar en el que yo me sintiera mínimamente acogido. Tras aquella primera noche con Christina, regresé principalmente para recoger mi colada, que ni siquiera había sacado de la secadora. Sobre la puerta de la casa, pegada con un llamativo precinto naranja, había una nueva notificación del Housing Office, entidad suprema encargada de gobernar, en la sombra pero con mano de hierro, aquel conjunto de residencias. La palabra WARNING, mucho más grande que la otra vez, estaba rodeada con un rotulador gordo de grafitero, por si acaso no era ya suficientemente visible desde más de quince metros de distancia. Resultaba que el nuevo control antifumadores realizado esa misma mañana en mi casa había dado un resultado tan nefasto como la vez anterior, lo cual me pareció bastante natural. La diferencia en esta ocasión era que, además de recordárseme las leyes que se violaban al fumar allí y las posibles consecuencias de ello, se me obligaba a acudir a la oficina del Housing, donde se me impondría, si no entendía mal, algo así como una sanción administrativa. Era evidente que antes de tomar la anunciada medida de expulsarme de la residencia se decantaban por someterme al escarnio público. La ostentosidad del cartel era el primer paso del escarnio; humillarme en sus oficinas, el siguiente. Arranqué la notificación de un tirón y me metí en casa, preguntándome hasta qué punto la madre sargento a la que había conocido el día anterior, y que me había recriminado por fumar en la yarda, podía tener alguna relación con lo sucedido. Como poco, cabía asegurar que habría visto la notificación en la puerta, y que ello habría sido una fuente de regodeo interior insuperable.

Me entraron muchas ganas de fumar, lógicamente, pero en esta ocasión no me atreví a hacerlo. Y no fue tanto por el *warning* como por el recuerdo de la mujer sargento, que me invitaba a tener prudencia. Así que cogí uno de los cigarrillos mentolados que había comprado en el avión y me fui a por mi colada. Alguien se había dignado a sacarla de la secadora y la había amontonado a un lado sobre una balda. Lo llamativo era que la ropa olía realmente mal, un olor seco, industrial y a la vez bastante fétido, quizá provocado por su prolongada permanencia en el interior del aparato. Me fui de allí lo antes posible.

Como había preferido no coger un *trolley*, por aquello de la discreción, cogí la ropa entre los brazos. Aunque el olor no fuera bueno agradecí que el montón de prendas me permitiera camuflar mi cara al atravesar la yarda de vuelta.

—Señor.

Allí estaba, la mujer sargento había tardado poco en localizarme. Bastaba una palabra para reconocer su característico deje militar: ya el saludo es un aviso, una riña y una llamada al orden. Bajé la montaña de ropa a la altura de la cintura para poder verla. Esta vez la mujer sargento, que iba con pantalón de deporte, se había colocado a una distancia de unos tres metros para hablarme, no sé si porque temía el olor de mi colada o porque su desprecio hacia mí ya no le permitía otra cosa.

—Buenos días. No se asuste, es de los que no echan humo —dije moviendo de arriba abajo el cigarrillo falso que llevaba entre los labios—, su uso está permitido en los aviones. Además debe estar usted tranquila, si me llega la hora por culpa de la nicotina, tendré la decencia de no morirme aquí fuera, a la vista de los inocentes niños.

—¿Ha visto la notificación? Existe verdadera preocupación entre los vecinos de la yarda por lo que está pasando.

—¿Y qué es lo que los preocupa?

—No es un ejemplo muy edificante. Los niños ven el cartel, se preguntan por la procedencia de usted, su ocupación en Stanford.

Esto me indignó ya por completo, pero opté por descargar toda mi rabia contra la ropa, que además de pesar indeciblemente tendía a desmembrarse todo el tiempo del atillo. La tiré al suelo, la abarqué de nuevo con los brazos y me fui de allí.

—Mi procedencia no sé cuál será, pero mi destino lo veo cada vez más claro, y le aseguro que no está en este recinto de fiscalización extrema. ¡Supongo que si se meten tanto en la vida privada de los demás es porque con la suya no tienen suficiente!

Entré en casa, me encendí un pitillo, ahora de los auténticos, subí a por mis maletas y empecé a llenarlas. Cogí todo aquello que me pertenecía, incluido el jarabe de arce, el saco de nueces, los guantes para cactus y el bote de quinientas dosis de Tylenol. Viéndola desde una nueva perspectiva, me di cuenta de que en la casa había varios ceniceros (en realidad eran tapas de los infinitos botes de zumo de uva que el peruano me había dejado en depósito) repletos de colillas: uno junto a la cama, otro en el baño, otro en la mesa del salón... Y allí iban a seguir de momento, no había duda.

Metí las maletas y la trituradora de papel que había comprado en el maletero del Dodge y me fui. Definitivamente, aquel no era mi sitio. Escondido Village podía parecerle muy idílico a Lidia, pero no a mí. Ni los columpios, ni los niños, ni la proliferación de madres comprometidas hasta la médula con la defensa de los derechos de sus hijos iban conmigo. Tampoco las medidas antitabaco, ni el aislamiento, ni siquiera el apacible clima que se respiraba entre tanta zona verde me interesaban en absoluto. No se puede pretender vivir como un estudiante cuando no lo eres, y estás muy lejos de querer serlo. Escondido había prestado su servicio, no iba a negarlo, pero no podía competir con la casa de Christina, las personas que habitaban en ella y esa vida cómoda y extrañamente liviana que allí podía disfrutar.

Por la tarde Christina vio mis maletas al pie de la escalera que llevaba a su habitación. Las miró, me miró a mí y continuó su camino. No era fácil saber lo que pensaba. Pero su carácter tolerante me hacía albergar esperanzas. Pensé que mi presencia debía de parecerle lo suficientemente incontestable o lo suficientemente estrafalaria o lo suficientemente pasajera como para aceptarla e incluso desearla.

¿Y qué pasaba con mi curso de cactus? Creo que fue un par de mañanas después cuando decidí acercarme al Arizona Cactus Garden, donde Cynthia y las suculentas debían de haberse cansado de esperarme. Le pedí a Rowena el coche de Christina y me fui a explorar los curvilíneos trazados del campus de Stanford.

Dejé el coche en un aparcamiento enorme junto al hospital universitario y caminé por un sendero, el que un hombre que fumaba apoyado en un árbol me indicó. Aquella zona del campus se llamaba Arboretum, y al parecer lo crearon los fundadores de Stanford como lugar de recreo y paseo para los estudiantes. Lo consiguieron a medias. El bosquecillo era ralo y polvoriento, y solo lo transitaba el personal médico fumador del hospital. Con tanto humo, había dejado de ser el pulmón verde que los fundadores de Stanford imaginaran para convertirse en el pulmón enfermo que los fumadores de Stanford ahogaban cada día.

Fue la voz de alguna de las suculentas la que me advirtió de la ubicación exacta del Arizona Cactus Garden. Deduje que se correspondía con una forma ovalada, bastante amplia, escondida tras un anillo de eucaliptos. Me pareció lógico que el jardín, en el centro de aquel arboreto, sin apenas accesos transitables, hubiera permanecido tanto tiempo abandonado. Era un lugar imposible, lejos de cualquier foco de actividad del campus. En realidad muy poca gente de Stanford, aparte de Cynthia, sabía de su existencia.

Una vez dentro de la silueta ovalada, tardé poco en localizar a mi grupo de mujeres. Tenía ganas de verlas. Estaban todas en una rotonda del jardín, arrodilladas. Cada una trabajaba en un cactus diferente, pero había cierta armonía en sus movimientos. También en la forma de sus espaldas y en el color de su pelo. Escarbaban en el lecho de aquellos seres huraños, y la humildad de su labor silenciosa y no demasiado perceptible me parecía admirable. Sentí que me unían unos lazos especiales con ellas. Era como si esa gran nube de feminidad me atrajera de una sola vez, como un solo ente, que incluía tanto a las púberes suculentas como a su madrastra.

—¿Qué puedo hacer por ayudaros? —fue mi saludo triunfal.

Me ignoraron. Era evidente que ya habían advertido mi llegada y ahora parecían dispuestas a castigarme. Podía imaginar fácilmente los motivos de su resentimiento: llegaba por lo menos con dos días de retraso a las sesiones prácticas del curso, aquellas en las que mi ayuda iba a ser más importante. Yo mismo me había comprometido con Cynthia a no faltar en esta ocasión, pero el absentismo es un rasgo de mi personalidad que a veces controlo menos de lo que debería. Mi presencia en el curso de cactus estaba siendo, había que reconocerlo, poco menos que testimonial. La única que me miraba era Katherine, con una sonrisa irónica e incluso cómplice, lo que me tranquilizó bastante.

—Mira que está escondido esto —dije por quitarle hierro a la situación; me parecía que aquel grupo de mujeres trabajando en diversas protuberancias con pinchos justificaba cualquier intento de aproximación. Fue en vano. Todas (también Katherine, que había vuelto a la disciplina de grupo) concentraban la vista en las formaciones bulbosas que tenían ante sí. Me sentí un traidor por abandonarlas en un jardín árido e inhóspito.

—Muy bien —dijo Cynthia, pero no me lo dijo a mí. Ella estaba en el centro y ahora las suculentas la observaban—. Lo que vamos a hacer es sujetar el esqueje con las pinzas...

Estaban todas armadas con unas pinzas especiales para manipular los cactus y también con unos guantes similares a los que yo había comprado en su día. Aun así me arrodillé junto a un cactus un poco chuchurrío, no muy abundante en púas, e intenté ponerme al día. Era evidente que Cynthia se disponía a arrancarle un hijito al tallo de su cactus para trasplantarlo en algún lado. Cuando todas comenzaron el movimiento, yo, sin necesidad de pinzas, también llevé mi mano a uno de los pipiolos que tenía mi ejemplar.

—¡No toques ese cactus! —gritó Cynthia de mala manera.

—¿Por qué? No tiene pinchos.

—Lo digo por él, está enfermo, no aguanta-
ría una herida.

Me levanté.

—De acuerdo, de acuerdo —dije, y me puse
a caminar por el jardín. Tal como estaban los áni-
mos, parecía conveniente respetar ciertos tiempos.

Las esperé fumando un pitillo a la sombra
de unos cipreses, lugar en el que tenían unas cuantas neveritas portátiles y unas sillas de camping.
Llegaron un rato después, con Cynthia a la cabeza.
Tenían la cara roja. Caminaban despacio, aunque
con determinación. Llevaban las viseras hacia atrás
y los brazos colgando, como si los guantes les pesa-
ran mucho. Vistas así, parecían un cuerpo de elite
de la NASA colonizando un planeta seco y extraño.

Cynthia tuvo por fin la gentileza de dirigirse
a mí, mientras las demás se abalanzaban sobre las
neveritas.

—¿Has venido de visita o has venido a trabajar? A mí no me vale que vengas un día de cada diez,
Tomás.

Creo que aunque yo hubiera asistido todos
los días del curso, Cynthia me habría seguido llamando Tomás.

—He venido a trabajar, pero al parecer hay
heridas muy abiertas por aquí.

Lindsay le dio a Cynthia un Isostar de litro
que esta comenzó a succionar con una pajita de espiral. La verdad es que hacía bastante calor.

—Hola, Lindsay, ya no saludas.

—Hola —dijo con una sonrisa casi sumisa.
Las suculentas, cuyo enfado resultaba menos creí-

ble que el de Cynthia, habían vuelto a una suerte de pudor tan coqueto como adolescente, que a mí me pareció impropio a esas alturas. ¿Habían cambiado tanto las condiciones entre nosotros? ¿No lo habíamos pasado estupendamente en el picnic del Cuatro de Julio, hacía poco más de cuarenta y ocho horas?

—Mira, acompáñame, si quieres te explico cómo nos puedes ayudar —seguí a Cynthia hasta una parte del jardín más desnuda y descuidada. Se detuvo en un islote sin cactus, bastante grande, y me explicó que tenía que enriquecerle el sustrato, es decir, quitarle una capa de unos treinta centímetros de tierra, reservarla en algún lado, cubrir todo el suelo con un estrato de grava volcánica y luego volver a echar la tierra que había apartado.

—Poca cosa —dije con cierta retranca.

—Es un trabajo duro, no lo voy a negar, Tomás. Pero es fundamental. Nadie piensa en esa parte de los jardines, sin embargo es la más importante, el sustrato...

—No te preocupes —interrumpí—, esto te lo hago yo en una hora, como que me llamo Tomás.

Me puse a ello. Era un trabajo agotador, ciertamente, pero recuperar el entusiasmo de mi club de fans me ayudaba a seguir. La tierra estaba dura, y la azada que me dejó Cynthia no parecía tan buena como la que utilizaba Tse en casa de Christina, ni producía un ruido tan satisfactorio al entrar en la tierra. Para mi sorpresa, aguanté con tesón en el propósito, sin ser consciente de algo que podría haber llegado a ser demoledor: lo poco que me importaba a mí el sustrato de aquel islote, un islote tangencial de un jardín de cactus semiabandonado en una universidad de California.

Cada cierto tiempo alguna suculenta me traía una botella fresca de Isostar que me sabía a gloria, y eso me subía la moral. Después, durante un rato, Katherine se sentó en el suelo a observar cómo trabajaba, lo cual también ayudó. Los rigores del calor, sumados a cierto efecto euforizante producido por el esfuerzo, me hicieron quitarme la camiseta y arrojarla al suelo, junto a Katherine. Curiosamente, más que observar mi torso desnudo, Katherine se quedó mirando la camiseta en el suelo. Conseguí levantar la capa de arriba de todo el islote y amontonarla en el camino de al lado en un tiempo récord. Luego Katherine se levantó y entre todas las suculentas organizaron una cadena humana para llevarme los sacos de grava volcánica. Esa parte, esparcir la grava volcánica por el suelo, fue bastante placentera. Estaba agotado, pero también satisfecho: me parecía que estaba alcanzando unos resultados muy dignos. Incluso creía sentir cierta comunión con el suelo, como si la Madre Tierra supiera agradecerme mi ayuda. Volví a cubrirlo todo con la primera capa que había apartado, ya muy mermado de fuerzas. Acabé, al borde del desmayo, antes de que llegara la hora de irse. Cynthia me felicitó. Yo me felicité a mí mismo. Katherine me entregó mi camiseta. Habían sido tres horas de extenuante trabajo, pero, eso sí, había vuelto a conseguir el favor de Cynthia y las suyas.

Con la espalda encorvada caminé junto a ellas hasta el aparcamiento. Supuse que era mi posición corporal la que las hacía reír tanto, incluso cuando, todas juntas, esperaron a que sacara el coche para decirme adiós con la mano. Pero ya de vuelta a casa de Christina, poco después de cruzar el Camino Real, empecé a notar un tremendo picor en la espalda. Era horrible, espantoso, necesitaba rascarme sin cesar, pero rascarme no servía de nada, el picor parecía meterse cada vez más dentro de la piel y poco a poco se fue convirtiendo en quemazón, algo extraño estaba pasando en mi cuerpo, estaba reaccionando de una manera prodigiosa a los cactus, a la grava volcánica, al trabajo, al Isostar o a alguna clase de producto que, sospechaba ya, Katherine y las suculentas habrían diseminado sobre la camiseta. No podía apoyarme en el respaldo. Conduje como un viejo que utiliza el volante para sujetar su cuerpo, para incorporarse y ver algo del mundo a través del parabrisas. Nunca un trayecto tan corto, apenas milla y media, se me había hecho tan largo. Aun así paré en todos y cada uno de los stops. Diecisiete en total. Es una manía inconcebible la que tienen los americanos con los stops. Cualquier mínimo cruce de cualquier mínima calle secundaria está regulado por stops. Es insoportable, sobre todo si una erupción diabólica te está ulcerando la espalda.

En el jardín delantero de una casa lindante con la de Christina los aspersores estaban en marcha. Paré el coche, bajé, corrí hasta ellos y puse mi espalda a merced de uno de los chorros que me parecieron más potentes. Durante un buen rato el agua helada contrarrestó la temperatura de aquella parte de mi cuerpo. Mientras lo hacía, me quité la camiseta y descubrí, efectivamente, una especie de hebras verdosas adheridas en su interior. Lejos de enfurecerme, aquello me hizo reír. Mis chicas tenían ganas de jugar.

Nada resultó más fácil que adaptarse al clima de independencia y autonomía de las personas que vivían en casa de Christina. Tomé por costumbre levantarme un rato después que ella y desayunar en el porche, donde Rowena me trataba como si llevara toda la vida viviendo en aquel hogar (ya había identificado incluso algunas de mis preferencias culinarias, como mi rechazo a la mantequilla de cacahuete o a los cereales Cheerios que al parecer tanto gustaban a Christina). Luego, tras fumar el pitillo de rigor en la hamaca, relajado, mientras Tse continuaba adecentando a Phil a mi lado, me marchaba al Arizona Cactus Garden, aprovechando que por lo general Christina estaba desaparecida hasta media tarde.

Antes de volver a casa, me gustaba conducir por las zonas de Palo Alto, Mountain View, Menlo Park y otras muchas. En realidad solo diferían en los nombres. A veces, sutilmente, también diferían en la cadencia de aparición de las superficies comerciales. ¿Estaría primero el Safeway o el Ross? El Starbucks ¿estaría a la izquierda o a la derecha del Camino Real? Además de McDonald's y Burger King, ¿qué otros establecimientos de comida rápida habría?, ¿Subway, Taco Bell, Jack in the Box, Wendy's...? Una sensación vaporosa me recorría el cuerpo al conducir por aquellas zonas, un estado distinto en el que no me reconocía del todo. Era probable que

el *American way of life,* con su seductora superficia-
lidad, estuviera haciendo mella en mí.

Un día, después de comer en uno de aquellos
establecimientos, decidí llevar algo a casa.

—Buenas tardes, Rowena, te he traído comida —dije tras llamar a la puerta de su habitación,
contigua a la cocina.

Salió en seguida.

—¿Señor?

—¿Te apetece? Es del Taco Bell.

Era uno de esos burritos mexicanos llenos de
pollo y queso fundido y muchas salsas. Ya desde el
primer día había comprobado que en casa de Christina pasaban las horas, incluso las jornadas, sin que
nadie hiciera amago de sentarse a comer, o de preparar algo, o de dar muestra al menos de necesitar in-
gesta alguna. Solo el guacamole de bote o las nueces
que yo había llevado o cualquier otro producto de
esa índole hacían su aparición en la noche junto a las
copas. Al parecer, con un buen desayuno se daban
por cubiertas las necesidades de todo el día.

—Gracias.

Su sonrisa fue tan grande que estuve a punto
de regresar al Taco Bell a comprarle otro. La subsis-
tencia de aquella mujer, tan delgada, tan pequeña,
una víctima injustificada del desapego que su jefa
sentía por una alimentación medianamente regu-
lar y nutritiva, merecía una alegría como aquella de
vez en cuando.

Sacó un cuchillo y partió el burrito por la
mitad.

—Tenga —me dijo.

—¿Qué haces?

—La mitad para usted.

—Es para ti, Rowena, no tienes que compartirlo, yo ya me he tomado uno.

—Se lo guardaré a la señora.

—Como quieras, pero te lo he traído a ti. El próximo día traeré más.

—No me importa compartir.

—Te quedas más tranquila, ¿no? Jesús enseñaba a compartir.

—Usted ha compartido, se ha tomado un burrito y me ha traído otro. Ahora yo también comparto, es una cadena, no hay que romperla.

—Vale, pero déjale a ella la mitad más pequeña. Frío no va a estar bueno.

—Le gustará.

A partir de entonces solía llevar a casa hamburguesas, bocadillos o burritos del restaurante en el que había comido. Christina se los recalentaba por la tarde en el microondas y si por alguna circunstancia faltaban, era ella la primera en lamentarlo. Y eso que, en una de sus típicas contradicciones, me había dicho que no le gustaban las hamburguesas y que en realidad los americanos no comían demasiadas.

La peculiar relación de Christina con la cocina y con la alimentación se mostró de nuevo una tarde en que yo me encontraba mal, debido a un bocadillo de pollo con curry que había tomado en Subway y que no estaba resultando nada fácil de digerir. Christina decidió meterse excepcionalmente en la cocina, dijo que iba a prepararme algo que me ayudaría. La esperé tumbado en el porche, no sin curiosidad, mientras me secaba el sudor frío de la cara con papel de cocina. No estaba claro si el sudor frío me lo producía la indigestión o la perspectiva de tener que enfrentarme a una receta de Christina. Apareció un rato después.

—Tómalos, te sentarán bien.

Bajó el plato a la altura de mi hamaca y me mostró el contenido. Eran huevos duros. Cuatro, concretamente.

—¿Huevos duros? —me eché a reír.

—¿Qué pasa? —también rio; por suerte tenía sentido del humor.

—Si me como eso, devuelvo.

—¿Por qué? Son orgánicos, no hay nada más sano, solo están cocidos.

La miré fijamente. Aquellos huevos me repugnaban hasta límites insoportables.

—Creo que hoy sí tomaré un poco de Coca-Cola —imploré—. ¿Te importa llevártelos?

Regresó al poco con mi vaso de Coca-Cola y con abundantes trozos de yema entre los dientes. Es probable que le dejara uno o dos huevos a Rowena.

No fue aquella tarde, pero sí alguna otra parecida, antes de que Christina hiciera su aparición en el porche, cuando me llamó la atención un ruido en el jardín. Era un golpeteo hueco y repetitivo, quizá parecido al picoteo de un pájaro carpintero, suponiendo que yo hubiera oído alguna vez en la vida a un pájaro carpintero. Busqué el sonido por el jardín. Sin ninguna duda procedía de la casa de Tse, o de sus alrededores. Cada vez sonaba más fuerte, de manera muy rítmica. Pensé por un momento que podía tratarse de un zapateado de claqué, o a lo mejor Tse hacía esos ruidos con la boca o con su cuerpo, quizá era un rito navajo que consistía en golpearse el cuerpo con una varilla o algo similar.

Pasé por delante de la casa de Tse y al llegar al lateral que había junto a la valla lo vi. Era un partido de ping-pong. Tse jugaba contra un jardinero de la misma calle al que yo había visto un día podar un seto con la forma de un pajarito. Él también parecía de una etnia nativa, pero no podía asegurar de cuál. Los puntos eran largos y disputados, y a juzgar por la manera de ignorarme que mostraron los dos indios, el partido se hallaba en un momento crucial. No tenían un nivel lamentable, pero no había duda de que yo podría derrotar a ambos con total facilidad. El ping-pong, el billar y el futbolín son los tres únicos deportes que no desprecio. Ni siquiera me siento patético practicándolos. En el caso del ping-pong, de hecho, considero que lo hago bastante bien.

Ganó Tse, más por su efecto intimidatorio y por algún golpe de fortuna que porque realmente lo mereciera. El otro jardinero se despidió con una gran sonrisa y entregó la raqueta a Tse. Al fin Tse se dignó a mirarme. Supe de inmediato que aquella mirada era un desafío integral.

—¿No te sentirás mal si te gano? —dije.

—No vas a ganarme.

Empezamos a pelotear. La raqueta era muy buena, aunque yo precisamente estaba acostumbrado a jugar con raquetas con menos goma.

—De pequeño siempre me pedía ir con los indios —dije—. Me siento raro yendo con los buenos, ja, ja.

—¿Jugamos ya?

La verdad es que fue un partido memorable. Tse empezó ganándome 10-2. Aparentemente no se movía mucho ni manejaba demasiado la muñeca, pero hacía unos efectos endemoniados. Por otra parte, la raqueta me resultaba incontrolable, despedía mucho más de lo que yo hubiera deseado. Decidí dejarme de conservadurismos y pasar al ataque, la mejor manera de contrarrestar un buen efecto. Para perplejidad de Tse, el partido fue igualándose poco a poco, aunque lo cierto es que el navajo empezó a jugar también cada vez mejor. Sus golpes se hicieron muy profundos, pero yo fui letal con mi arma favorita, el mate de revés, y gané el partido. Ese giro fulminante de muñeca con el revés siempre sorprende a todo el mundo.

—Gran partido, Tse, me ha impresionado tu juego.

La indignación del navajo era tal que ni me miró. Simplemente plegó la mesa de ping-pong y la empujó sobre sus ruedas hasta apoyarla en la parte de atrás de su casa. Cuando se enfadaba, Tse parecía más alto, yo creo que se estiraba por la furia. Se metió en su casa en tres zancadas. Dejé mi raqueta encima de una de las *chaises longues* y regresé al porche de Christina, silbando por el jardín.

Me gustaban las veladas que pasábamos precisamente allí, en el porche, cuando no refrescaba demasiado. Christina preparaba las bebidas. Dominaba algunos *cocktails* como el Dry Martini o el Manhattan, pero yo me decantaba casi siempre por su escocés añejo. El día se diluía despacio en la noche y las ardillas nos entretenían con sus carreras entre árboles, como si tuvieran prisa por acostarse. Era curioso, pero repetían recorridos entre ciertos árboles y en cambio otros trayectos permanecían vírgenes, como si estuvieran prohibidos.

—¿Te has fijado? —dije el día en que me percaté de esto—, las ardillas rehúyen algunos caminos.

—¿Te interesan las ardillas?

—No mucho.

—A mí tampoco.

Una de las ardillas se detuvo entre dos árboles y se quedó mirándonos, como si algo la hubiera alarmado.

—Mi vecino Gary me contó que a veces reutilizan los nidos de los pájaros. No son muy exigentes.

—Ah.

—Las de California no hibernan, ni siquiera tienen que enterrar comida durante el verano, la tienen todo el año. Yo creo que por eso cada vez hay más ardillas aquí.

—Todos venimos a California.

—Sí.

Christina dio un trago a su *gin-tonic*. La ardilla detenida volvió a correr y se subió a la copa del magnolio. Otras dos hicieron el mismo camino poco después.

—En realidad ¿sabes por qué viene la gente a California? —dijo.

—¿Por qué?

—Porque piensan que aquí no se van a morir.

—¿Y es verdad? —pregunté.

Se encogió de hombros y rio.

—Todavía no lo sé.

Tras lo sucedido en mi espalda el primer día, el Arizona Cactus Garden se convirtió también en una fuente de placeres irresistible. Cuando llegué el segundo día, Katherine y el resto de las sonrosadas suculentas me llevaron hasta unos cactus medianos que según parecía se convertían en polvos picapica al aplastarlos. La manera de denominar en inglés a los polvos picapica *(itching powder)* no me resultó muy clara, y cuando pregunté su significado todas empezaron a señalar mi espalda entre risas.

—Eso es más abrasivo que el ácido nítrico. ¿Estáis locas? —dije con un enfado muy poco creíble—. Si algún día decido vengarme, no será precisamente en la espalda donde os lo ponga.

Aquello les divirtió tanto que la mayoría se llevó la mano a la boca para tapar su risilla de excitación. A partir de aquí, como compensación, no hice otra cosa en los días siguientes que recibir agasajos por su parte. Si en el caso de Christina podía haber cierto espacio para la incertidumbre, en el de Cynthia y las suculentas yo no tenía ninguna duda de que estaban encantadas con mi presencia, con la vidilla que les daba y el contrapunto que representaba mi condición castiza y masculina. Lejos de los trabajos forzados a los que fui sometido el primer día, se me incorporó a la dinámica del grupo con normalidad. El ambiente era agradable, cordial y relajado. Una mañana, Cynthia nos pilló fumando en un aparte a Katherine, a otra suculenta que se llamaba Norah y a mí, y en lugar de reprendernos sacó su propio paquete y se sumó a la fiesta. Incluso Katherine se mostró particularmente locuaz y se explayó en la descripción de la forma fálica de ciertos cactus. También me preguntó un día si iba a volver a invitarla a mi casita de Escondido Village.

—Las cosas se han complicado en aquel lugar, querida Kathy. Creo que no seríamos bien acogidos allí.

—¿Ya no te intereso?

—Todavía conservo una bolsa de Eat My Shorts, sé que encontraremos la ocasión de comérnoslos —dije.

Katherine me miró durante unos segundos, cambió el peso de una cadera a otra y volvió al trabajo. Seguramente no me creyó.

Como empecé a llevarme mis guantes, aprendí a manejar los cactus con cierta decencia. Lo cierto es que en seguida le fui cogiendo el gusto a lo de trabajar con ellos. Aprendí a moverme entre sus formas y sus púas, y la convivencia diaria me hizo descubrir en ellos algo más que orgullo y recelo. Sí, tenían una estabilidad, una dignidad y una coherencia que los distanciaba de la confortable y liviana realidad que me rodeaba. En ningún otro escenario podía encontrar yo algo así, ni en las pizpiretas adolescentes ni en los establecimientos de comida rápida ni en los rigurosos stops, ni tan siquiera en la mordaz Christina. Tenía la impresión de que aquellos cactus, con su antigüedad desconocida, aunque seguramente mayor a la de cualquiera de nosotros, eran testigos silenciosos y también neutrales de nuestro comportamiento. Transmitían serenidad. Contribuían a hacerme sentir bien. Ocuparse de un cactus, pensar en él, es lo más parecido que puede haber a no pensar en nada. El cactus es opaco, estable, sólido, puro, simple, y al mismo tiempo está vivo. Darle tu tiempo es hacerte tú mismo cactus.

Cynthia me enseñó a reconocer algunas de las plantas del jardín. No solo había cactus, también había arbustos como la yuca en diversas modalidades, o suculentas auténticas como el aloe o la drácena. Entre los cactus, me impresionó el saguaro, tan elegante y alargado, típico de los desiertos de Arizona, donde podía llegar a alcanzar los quince metros de altura y las quince toneladas de peso, extendiendo sus raíces por superficies superiores a la de dos campos de béisbol, me dijo Cynthia. O ese extraño ejemplar que generaba un polvo blanco para protegerse del sol, su particular pantalla total. O ese otro cactus esférico y muy pequeño, cuyo nombre no recuerdo, que al parecer tenía una raíz en forma de tubérculo mucho mayor que la propia planta y que le permitía aguantar larguísimos periodos sin agua. En épocas de sequía, la raíz se encogía progresivamente hasta el punto de tirar del cactus hacia abajo y enterrarlo. En cuanto volvía a llover, la raíz recuperaba su volumen y empujaba de nuevo la planta hacia el exterior. Me pareció admirable. ¿Cuántas veces en mi vida no habría yo necesitado esa capacidad?

Una mañana me presenté en el Arizona Cactus Garden con un par de cactus increíbles que había comprado en el centro comercial de Embarcadero Road. Los cactus no son precisamente baratos, y menos cuando son grandes, pero aquellos ejemplares me entraron por los ojos. Eran fabulosos. Uno de ellos parecía un exprimidor gigante, el otro era bastante amorfo y estaba recubierto de muchísimos hilos blancos desordenados.

Cynthia me paró en seco en cuanto me vio con ellos en el jardín.

—Este es un jardín botánico, estudiamos el hábitat y la capacidad de adaptación de una serie de especies escogidas científicamente.

—¿No te gustan?

—Tomás, no es un jardín decorativo, no podemos repoblarlo con especímenes de floristería.

Las suculentas no parecían tener la misma opinión. Les atrajo sobre todo el de pelo blanco.

—Es precioso.

—Dan ganas de acariciarlo.

—Es como un monstruito de Barrio Sésamo.

—¿Por qué no podemos plantarlos, Cynthia?

—Porque no. Todo el mérito que tienen esas plantas es que son vistosas, nada más, pero aquí tenemos ejemplares de más de un siglo y hasta ahora no he oído ningún elogio. Trasplantadlos a este suelo y veréis cuánto duran. Sin los cuidados de su mamá florista que los riega, los peina, los abona y los mantiene a una temperatura confortable todo el día, no aguantan ni dos semanas aquí, no tengo ninguna duda.

—Nosotros también cuidamos los cactus de este jardín —dijo entonces Katherine.

—Echarles una manita después de casi cien años no me parece un mimo excesivo. ¿Qué tal si nos ponemos a trabajar?

Las suculentas se alejaron de mis cactus con resignación.

—Ha sido un detalle, Tomás, pero debes llevártelos.

Ese mismo día, Cynthia me pidió que me quedara un rato más cuando se marcharan las chicas. Nos dedicamos a abonar los cactus que habíamos tocado en los últimos días. Quedarme a solas con ella, la verdad, no era una situación que me intimidara ya en absoluto, aunque estaba un poco molesto porque hubiera rechazado mis cactus.

—¿A quién se le ocurrió la feliz idea de poner un jardín de cactus aquí? —le pregunté.

Cynthia vaciaba un tubo de abono en una regadera llena que yo sostenía en volandas. Habría sido más lógico dejar la regadera en el suelo, pero no quería mostrar desinterés por el trabajo.

—Fue un proyecto de los fundadores de Stanford. Iba a ser el jardín de su residencia, pero esta nunca llegó a hacerse y el jardín se abandonó después de la Primera Guerra Mundial. Hemos empezado la rehabilitación hace muy pocos años. No sabes cómo estaba.

—Lo increíble es que quedara algo —la regadera pesaba bastante.

—Han aguantado los más fuertes, son ejemplares asombrosos.

—Igual hasta prefieren que les dejemos solos.

—No lo creo.

No podía más. Por fin Cynthia terminó de vaciar el tubo de abono y pude apoyar la regadera en el suelo.

—¿Y en serio crees que hay alguna diferencia entre que exista este jardín y que no exista?

—Es una pregunta muy impertinente. Te basta mirar a tu alrededor para responder. ¿No te parece maravilloso todo lo que estamos haciendo?

—Sí, sin duda —dije. Definitivamente, mi relación con Cynthia era propensa a las turbulencias—. Por eso he traído hoy dos cactus, es una forma de colaborar.

—Colaboras con tus manos, pero no debes traer nada, no debes gastar tu propio dinero. Te diré que ni siquiera está claro el futuro del Arizona Cactus Garden.

—Ah, ¿no?

—Hay un proyecto de transformar todo el arboreto en un espacio deportivo. Tal como está es una zona muerta del campus.

—Y nosotros dejándonos las manos, quizá para nada.

—Damos argumentos para que lo preserven, es una lucha loable.

—Bien —dije—, en ese caso sigamos.

Cargué con la regadera y fuimos a regar.

—Del hemisferio oriental, nada, supongo.

—Supones bien —me dijo.

El Arizona Cactus Garden tenía una forma como de cerebro, con dos hemisferios muy definidos. En el hemisferio oriental, donde apenas trabajábamos, estaban plantadas las especies de Europa, África y Asia. En el hemisferio occidental estaban las especies nativas de América, que se habían adaptado mejor y que acaparaban toda la atención de Cynthia.

—El cerebro de Stanford —sonreí—. Somos los encargados de cuidar esa especie de válvulas orgánicas de las que se nutre todo el saber universitario. Este es un lugar secreto y a la vez central en el campus, un huerto de plantas geométricas, enigmáticas e inaccesibles que se comportan como neuronas gigantes sin que nadie lo sepa.

Cynthia no se molestó ni en mirarme.

—Sigo pensando que te gusta más la literatura que los cactus, aunque perseguir a mis chicas te gusta todavía más, claro.

—¿Tus chicas? ¿Y a ti? ¿Te gusta a ti perseguirlas?

—¡No riegues así! —me dio un susto terrible; era una persona demasiado temperamental—. Si riegas sobre la planta, le salen hongos. Hay que regar la tierra.

—¿Y la lluvia?

—Es diferente.

Regué donde me decía. El anterior tema de conversación parecía zanjado con el exabrupto. Pero poco después Cynthia probó por un lugar diferente.

—Huyes de algo, Tomás, cualquiera se da cuenta de esto. Ese sentido del humor, ese escepticismo esconden muchas cosas.

—No te creas.

—Si te importa todo tan poco, ¿por qué ayudas en este jardín?

—Es mi plan favorito para las mañanas.

—Yo creo que hay algo más. Te escudas en tu cinismo para no mostrarte.

—¿Algo más? ¿Por qué tiene que haber algo más? Ese es un prejuicio como otro cualquiera. ¿Riego en más sitios?

—Sí, los nopales.

—¿Esos de ahí?

—Sabes de sobra cuáles son los nopales, Tomás.

—Y tú sabes de sobra que me llamo Agustín y me sigues llamando Tomás.

Tras vaciar la regadera, Cynthia me ofreció un trago. Llevaba *bourbon* en el coche y nos servimos dos vasos a la sombra.

—Yo probé el *bourbon* a los once años. Me pareció asqueroso, pero mi madre lo bebía todos los días. Aquel sabor tan horrible me hizo sentir un extraño alejamiento de ella, por primera vez en mi vida.

—Mi madre bebe moscatel.

Tuve que explicarle lo que era el moscatel.

—¿Cómo eras de niño?

—Pues igual que ahora. ¿Va a durar mucho la terapia?

—Ahí está, tu humor.

La miré. Los labios pintados de rojo intenso eran un contrapunto a su pelo y sus vestimentas habitualmente negras. En los párpados se había pintado una gruesa raya púrpura con lápiz cosmético.

—A los nueve años me gustaba mucho pintar —dije entonces—. Un día hice un retrato de mi profesora, supongo que estaba enamorado de ella. El caso es que me hice voluntariamente un corte en la mano y pinté los labios y la falda del dibujo con mi sangre. Al día siguiente se lo regalé.

En una partida de póquer no podría haber un cruce de miradas tan intenso. Cynthia me había calado perfectamente.

—¿Te gustan los juegos?

—Empezaste tú el día del picnic.

—¿Seguro?

No respondí. Ella apuró su *bourbon* y se sirvió un poco más. Resopló.

—Eres increíble, Agustín —por fin me llamó por mi nombre.

—La verdad es que no me gusta recordar. No tengo absolutamente ninguna memoria. Odio las fotos y los álbumes de fotos, una manera patética de fijar la identidad.

El argumento debió de resultar bastante definitivo, porque Cynthia dejó de insistir. Seguimos bebiendo con tranquilidad.

—Que sepas, Agustín, que el fondo de lo que te conté en el picnic era cierto.

—¿Cuál es el fondo de lo que me contaste?

—Que el cretino de mi hijo no quiere verme, que ha escogido ser igual que su padre y menospreciarme por ser como soy.

—No eres viuda.

—Como si lo fuera.

—Y te atraen las mujeres.

—Las mujeres, los hombres, los hombres, las mujeres; no sé bien qué significa eso.

Entendí que alguien que se pasa el día clasificando especies vegetales huyera de las tipologías muy compartimentadas en sus relaciones personales.

Estábamos sentados en sendas sillas de camping, parecíamos dos personajes de Hemingway en un safari en el África negra. Volvió al tema de su hijo:

—No sabes lo bobo que es. Vive en Boston, con su padre, y trabaja en su despacho. Está casado con una preciosidad de buena familia que también es abogada. Y ahí los tienes, padre e hijo, yéndose de vacaciones con sus respectivas parejas en el mismo yate.

—Desolador.

—Su padre está convencido de que el único error en su vida he sido yo, una mujer excéntrica y antagónica a su forma de ser, y ha transmitido esa idea a nuestro hijo. ¿No crees que habría sido mejor quedarme viuda?

Me costaba ponerme en la situación de Cynthia. Seguramente lo más parecido a un hijo que pudiera encontrarse en mi vida fuera alguno de los esquejes de cactus que había plantado allí mismo.

—Bueno, al menos te viniste a la otra punta del país.

—Sí. En cierto modo obligué a mi hijo a tomar partido, y bien que lo tomó.

Ahora se quedó pensativa. Yo no sabía muy bien qué decir. Me preguntaba si Cynthia iba contándole habitualmente aquello a todo el mundo o si, por el contrario, se desahogaba conmigo porque no tenía nadie mejor con quien hacerlo.

—Aquí la gente viene a crecer, eso es lo que se dice, ¿no? —pregunté—. En California solo se mira hacia delante, este es el país de las oportunidades. La muerte, la enfermedad o cualquier otra cosa que pueda frenarte parecen no tener cabida.

—¿Quién ha dicho esa estupidez?

—Eh..., en fin, en parte se me ha ocurrido a mí.

—¿Ves? Este es el nivel de infantilismo al que hemos llegado. Aquí no se mira hacia delante, Agustín, vivimos en una cultura cobarde, una sociedad cobarde, incapaz de mirar con perspectiva, incapaz de mirar más lejos del siguiente fin de semana. Cualquier pregunta relativa al futuro, o al sentido de nuestro comportamiento o al sentido de nuestro paso por el mundo, la resolvemos rápido, nos la quitamos de encima y nos vamos a ver el partido de béisbol. Eso es lo que pasa cuando dejas de mirar a la muerte a la cara, cuando te empeñas en creer que la muerte no existe y vives como si solo existieras tú y los que te rodean ahora en el mundo, y te olvidas de que formas parte de un relato que tiene millones de años.

—¿Tienes pruebas fehacientes de que aquí la gente también se muere?

—Cuando quieras te lo demuestro —dijo, y, cosa bastante insólita, sonrió.

—Bien, tu palabra me basta.

Cynthia echó otro trago antes de continuar.

—Hay que mirar a las cosas a la cara y actuar en consonancia, tener una mirada más amplia, y sobre todo más profunda, entender que somos una mínima pieza de una larga historia, y contribuir a mejorarla, mirar hacia el futuro y hacer que el mundo sea mejor, sí, el mundo, y poder sentirnos orgullosos de nuestro paso por la tierra, tener un poco de dignidad, esa es la manera de afrontar la realidad y dejar de huir.

Asentí. Había que reconocer que su discurso estaba adquiriendo una dimensión emocional de la que no era fácil escapar.

—Te voy a decir una cosa: al noventa y nueve por ciento de las personas de este país les parecería ridículo e inútil lo que estamos haciendo en este jardín. A mi exmarido y a mi hijo les provoca risa, estoy segura. Ellos, que no son ninguna excepción, me tildan de ecologista, me encasillan en esa categoría y no se paran a pensar más. Y, por supuesto, esa categoría lleva asociada otras: fanática, iluminada, idealista, trasnochada, amargada o frustrada, al menos en esos aspectos de la vida que a ellos les importan tanto.

Rellené los dos vasos con más *bourbon*.

—¿Por qué la universidad ha decidido cargarse este jardín? Simplemente porque ese es el clima que se respira, porque este jardín no vende, porque no sirve como escaparate de Stanford, y ya está, ese es un motivo más que suficiente para cerrar un jardín centenario y valiosísimo desde un punto de vista botánico y cultural. ¡Pero si lo crearon los mismísimos fundadores de Stanford! Pues nada, ni eso, ya no se respeta nada, lo que le ocurra a nuestra civilización y al planeta le es indiferente a todo el mundo, porque solo viven el momento presente, no se atreven a otra cosa, no se atreven a levantar la vista y darse cuenta de que sin ella, sin la muerte, nada tiene sentido.

Hizo un aspaviento de impotencia, se levantó, se volvió a sentar y agotó su vaso de un trago. Perdió un instante la mirada en el infinito, resopló y me miró de nuevo:

—Me gustaría hacerme una foto contigo.

—Claro —dije—, para la posteridad, una prueba de nuestro paso por el mundo.

Colocó una carpeta sobre el asiento de la silla y encima su cámara de fotos con el disparador automático. Nos pusimos de pie, uno junto al otro, sin tocarnos, delante de los nopales. Luego me senté otra vez, pero vi que Cynthia estaba plegando su silla.

—¿Vas a quedarte aquí?

Alguna compuerta en su interior se había cerrado y ahora ofrecía la coraza de siempre, la de esa mujer extraña y con un punto insolente.

Procuré ser discreto. Saqué los dos cactus del coche y rodeé la casa por el lateral. En seguida encontré una ubicación que me gustaba, en el extremo del jardín más alejado del porche. No es que obrara a escondidas, pero la verdad es que no tenía muchas ganas de que Christina o Tse aparecieran en ese momento. Tomé prestada la azada de Tse, cavé un poco y planté los dos cactus uno junto al otro. Bajo ningún concepto podía echar a perder esos dos ejemplares que Cynthia había despreciado para su jardín. No regué. *Bourbonphila* nos había explicado que algunas raíces podían partirse en los trasplantes y el agua las perjudicaría.

Estaba compactando la tierra con la azada cuando, una de las muchas veces en que me giré para comprobar si seguía solo, descubrí a Tse caminando hacia mí. Lo hacía con esa característica inestabilidad de zancada que solo el Jack Daniel's puede provocar. Consiguió llegar, y sin abrir la boca ni mirar siquiera los cactus me dio una de las raquetas de ping-pong que llevaba en la mano.

—¿Ahora? —dije.

El navajo asintió.

—Te he cogido la azada —informé—, como ves he decidido...

—Hoy cambiamos de campo —dijo encaminándose hacia la mesa de ping-pong.

Fue una farsa de partido. Tse tenía ya suficientes problemas para mantener el equilibrio como para encima preocuparse de golpear la pelota con un mínimo de intención. Lo peor de todo es que él no se daba cuenta de esto, ni se dio cuenta de que si ganó el partido fue porque yo me dejé de la manera más descarada que quepa imaginar.

La verdad es que el Tse feliz, eufórico e inflado por la victoria no era muy distinguible del Tse habitual. Seguía siendo serio, escueto en las palabras y en los gestos: había que suponer que las alharacas iban por dentro. Quiso jugar otro partido, pero por ahí ya no pasé, no estaba dispuesto a romper de nuevo el equilibrio que habíamos restaurado. Me ofreció un trago de Jack Daniel's.

—¿Has visto que he plantado un par de cactus?

Tse se encogió de hombros. Verdaderamente, el tema parecía resultarle indiferente.

—Quede claro que no pretendo darte trabajo con esto, Tse. Cuídalos si quieres y si no, déjalos a su aire, no tiene mayor importancia. En último término, la Madre Tierra decidirá su destino.

Estuvimos un rato en silencio. La postura sobre las *chaises longues* no invitaba a mucho más que a recurrentes reflexiones sobre la posición del cielo estrellado con respecto a la tierra, o la posición de la tierra con respecto al cielo estrellado. Luego Tse decidió contarme, de manera confusa y entrecortada, una leyenda sobre los cactus y los indios, no los navajos, sino los incas del sur de América.

Aguanté la somnolencia como pude y cuando el indio terminó, me despedí.

De camino a casa de Christina, volví a pasar por delante de los cactus. La ubicación alejada de estos ejemplares les daba un carácter de *outsiders* con el que me gustaba identificarme. Me encendí un cigarro. Si había que ser sinceros, su presencia en el jardín me hacía cierta ilusión.

7

Pero, como era evidente, mi particular Arcadia, aquel idilio con Christina, con el continente americano y con el mundo en general no iba a durar eternamente. Intuí que todo empezaba a cambiar el día en que apareció Arvid, el Atrapadesgracias. Fue un lunes. Tras acabar la sesión en el Arizona Cactus Garden, me dirigí a un vivero que me recomendó Cynthia. Lo mío era patético, pero había decidido enriquecer mi presencia en el jardín de Christina, y la floristería de Embarcadero Road resultaba demasiado cara para mis objetivos. Es posible que los agasajos y las comodidades de la casa de Christina me hubieran turbado más de la cuenta, lo reconozco. Yo sabía que nuestra historia solo tenía sentido en los términos de inmediatez en que estaba planteada, y que cualquier idea de monumento perpetuo iba justo en contra de lo que nos estaba sucediendo, pero el caso es que la visión de los ejemplares plantados, tan solitarios e inocentes, me invitaba tontamente a buscarles una compañía que diera más prestancia al lugar.

El vivero en cuestión estaba en la ladera de uno de aquellos montes que separaban Stanford del Pacífico. Tenía un surtido amplio, y el estado de las plantas era tan saludable que me vi dominado por cierta ansiedad compradora. Rellené una bandeja de cartón con pequeñas *opuntias, ferocactus, euphorbias* y unas cuantas *Mammillarias densispina,* unos cactus esféricos del tamaño de bolas de tenis. Coloqué la bandeja en el asiento de atrás del Dodge y fui hasta Palo Alto conduciendo despacio: los cactus iban sin cinturón.

Puse música. Pensé que a las plantas podía beneficiarles un poco de Elvis Presley. En el Dodge había dos casetes, uno de Elvis Presley, otro de la hija de Elvis Presley, Lisa Marie Presley. Nuca supe si eran de Christina o de Rowena, ambas cosas las consideraba posibles. La música de Elvis no pegaba del todo con el ambiente californiano, pero en aquella ocasión resultaron estimulantes sus arrebatos de ritmo y gomina. En cuanto al casete de Lisa Marie, incluía duetos con Elvis Presley y duetos con Michael Jackson, que fue su marido. Era un disco curioso. Entre los objetivos de Lisa Marie no parecía encontrarse el de labrarse una carrera por sí misma.

Cuando llegué a casa de Christina era media tarde. Me sorprendió encontrarla en la puerta, a ella y a otras dos personas que parecían llegar en ese momento. Bajé del coche y me acerqué a saludar.

—Agustín —dijo Christina—, te presento a Arvid y a Drusia.

Arvid era un tipo imponente. Alto y con unas piernas extremadamente largas, cubiertas con un pantalón de cuero negro. Su cara delataba más edad de la que estaba dispuesto a aceptar con aquella manera de vestir. Me sacaba diez años al menos. Darse mechas rubias en su pelo oscuro tampoco me pareció propio de su edad, ni llevarlo tan grasiento.

—Qué tal —dije, y les tendí la mano a los dos.

—Bien —dijo él con acento extranjero, y se quitó las gafas de sol. Me miraba con cierta desconfianza. Estaba claro que no me tenía muy localizado. Creo que le gustaba sujetar las gafas por la patilla.

Ella también era muy alta, pero mucho más joven que él. Miró mi mano cuando nos saludamos, nada más. Pensé que no tendría muchos más años que cualquiera de mis suculentas. Tenía algo atlético y también espectacular, como ellas, pero con una cara marfileña, misteriosa y fría, muy alejada de la lozanía californiana de las suculentas. Me pareció rusa. Apenas levantaba su rostro ovalado bajo su coleta alta y perfecta.

—Arvid y Drusia han venido a tomar una copa con nosotros —dijo entonces Christina—. Están pasando el verano en Stanford. Arvid es compañero mío en natación.

—Ya —dije. Sentí algo parecido a los celos. Me pregunté qué clase de implicaciones podía tener lo de «compañero mío en natación», y más con un individuo de aquel aspecto y aquellas maneras.

—Y Agustín es un amigo español —le dijo a Arvid—, no sé si te había hablado de él.

—Hay cosas que olvido con facilidad —dijo el tipo, y rio ostentosamente mientras se ponía de nuevo las gafas. Empezó a andar—. Me muero de ganas de abrir el vino, Kráistina.

Christina se puso a su lado y los dos traspasaron la puerta de la cancela. Me molestó que ella le siguiera el juego.

—¿Sois europeos? —le pregunté a Drusia mientras seguíamos los pasos de Christina y Arvid.

—Sí. Arvid es sueco, y yo soy de Letonia.

Era la primera persona que conocía de Letonia. Ni en mis tiempos de guía turístico por Madrid había conocido a alguien de ese país.

—¿Sois pareja?

—Sí —sonrió por primera vez. Su cara se iluminó, como si nada pudiera hacerla más feliz que pertenecer a aquel hombre. Creo que era una especie de semidiós para ella.

El semidiós caminaba desgarbadamente, separando mucho las puntas de los pies. Con los hombres nórdicos tengo la extraña costumbre de imaginármelos en calzoncillos, no sé por qué. No me pasa con ninguna otra cultura del mundo, pero sí con ellos. En cuanto veo a un sueco, un noruego o un finlandés, me golpea la mente su imagen con un slip de algún color anodino e inapropiado, verde oscuro, marrón o morado.

Por fin entramos en casa, y Christina tuvo a bien incluirnos en su conversación.

—Arvid es escritor —me dijo—, seguro que te interesa hablar con él, Agustín.

—Ah.

—Es un escritor muy conocido, se llama Arvid... —Christina enmudeció. Era evidente que no recordaba en absoluto el apellido del sueco, pero este no acudió en su ayuda. Solo sonrió con suficiencia.

—Gustavsson —dijo entonces Drusia.

—Arvid Gustavsson —repetí mecánicamente. Me sonaba un poco, aunque era más el nombre que el apellido lo que me resultaba familiar—. Ahora mismo no caigo.

—Agustín es profesor de Literatura —completó Christina.

—Don Quixote —y el sueco, aunque no se atrevió a mirarme, se rio mucho con su propio comentario.

Bajamos al último salón. Arvid sacó un vino francés que Drusia llevaba en su bolso. Era muy cómodo tener una acompañante como Drusia, callada y con bolso. Fui yo mismo a por las copas a la cocina. Llamé a Rowena para que me ayudara, pero no apareció por ningún sitio. Busqué en vano patatas fritas, frutos secos (mis nueces habían volado en uno o dos días) o algo para ofrecer a los invitados. Nada de nada.

Nos sentamos en los sofás. Arvid y Christina en uno, Drusia y yo en otro. Salió el tema de mi curso de cactus. Arvid, sin abandonar en ningún momento su pose de escritor maldito, tuvo a bien regalarnos una de sus opiniones:

—Lo único que me gusta de los cactus es que pinchan.

—Ah, ¿sí? —dijo Christina.

—Son las plantas más aburridas que existen —añadió—. No cambian, no crecen, son mucho más parecidas a objetos decorativos que a verdaderos seres vivos.

Sus comentarios me molestaron, pero no me sentía con ganas de hacer una defensa de los cactus. Era evidente que aquel personaje tan petulante solo quería provocarme un poco.

—Cuando termine el curso te daré mi opinión.

—Entre un cactus de plástico y uno de verdad me parece que hay poca diferencia. Por su propia naturaleza son objetos *kitsch*.

—Quizá el jardín de Christina también te parezca *kitsch,* no faltan los cactus precisamente.

—Lo sé, lo conozco ya.

¿Qué? ¿Cuándo había estado aquel tipo visitando el jardín? Evité mirar a Christina, con la idea de conservar cierta dignidad, pero tampoco fui capaz de añadir ningún comentario a lo recién dicho.

Por su parte, Arvid debió de considerar que aquel tema de conversación ya no era interesante y se dedicó a saborear el vino con la mirada perdida. Yo también bebí, cualquier cosa mejor que seguir observándole. Las copas de Christina estaban un poco viejas, de hecho la mía tenía un cortecito en el borde. El vino me supo a poco. Sea francés, español o chino, el vino siempre será vino.

Un poco después sonó el timbre. Christina salió a abrir y regresó con una mujer de mediana edad, más bien bajita y sonriente. Llevaba un maletín de ejecutivo, aunque su chaleco de lana y la cinta colorista con la que se sujetaba el pelo negro le daban cierto aire hippie, étnico o similar. Por un momento pensé que también ella podía ser, como Tse, una nativa americana, pero luego lo descarté. Era algo que me encantaba de California. Cualquier forma de vestir es aceptada en cualquier circunstancia. Como me había advertido Lidia, es posible encontrarte gente con chanclas y pantalones de surf hasta en un funeral. Nadie va a juzgar a nadie por su indumentaria, todo lo contrario, si a un californiano le gusta la ropa que lleva otro, se lo dice, aunque apenas le conozca.

Christina nos presentó. Nos contó que Cleo, así se llamaba, tenía una pequeña y maravillosa editorial en San Francisco. Ella les restó importancia a esas palabras y se sentó junto a Arvid Gustavsson, que como descubrí más tarde era quien le interesaba. Al parecer, Christina había organizado todo aquel encuentro para que su amiga tuviera la oportunidad de conocer al escritor sueco.

Cleo le hizo un rato la pelota a Arvid. Elogió sus novelas negras, el vino francés que había llevado y el programa del curso que el sueco estaba impartiendo en Stanford.

—Cuando Christina me dijo que en su piscina había un escritor sueco que se llamaba Arvid, le dije: «¿No será Arvid Gustavsson?» —Cleo gesticulaba tanto que todos parecíamos estatuas desde que ella había llegado—. Me parece tan increíble la coincidencia...

Como nadie dijo nada, Cleo insistió:

—¿Eh? ¿No os lo parece?

—La natación une mucho —intenté ayudarla.

—O mejor dicho, el lumbago —añadió Christina.

—¿Tienes lumbago? —preguntó Cleo a Arvid.

Arvid no parecía inmutarse. Amaba ser el centro de atención.

—¿Conoces el clásico de Bob Anderson? La clave está en los estiramientos, todos los problemas de espalda se resuelven con buenos ejercicios de estiramiento.

Por fin Arvid dijo algo:

—No es eso. Drusia no viaja con maletas, viaja con baúles de cincuenta kilos.

Drusia sonrió ruborizada.

—Dame una dirección —Cleo había abierto su libreta electrónica— y te hago llegar un ejemplar.

Arvid se tomó de nuevo un tiempo para responder. Se giró para mirar a Cleo.

—¿Estás segura de que existes? Tengo la sensación potentísima de que eres un personaje mío, que yo mismo te he creado. En *La agente inmobiliaria* la protagonista era exacta a ti —en aquel momento no supe si Arvid estaba ligando con ella o despreciándola profundamente, pero Cleo reía.

—O sea —dijo—, que somos las personas reales las que nos basamos en tus personajes, y no al revés. Me gusta eso.

—¿Por casualidad no guardarás tu ropa interior en una caja de terciopelo violeta?

Cleo volvió a reír.

—No, lo siento.

Arvid regresó al silencio. Jugó con la copa de vino en la boca mientras observaba el techo.

—Quería hablarte un poco de mi editorial, Arvid, sé que puede interesarte. Se trata de una editorial pequeña, no publicamos más de tres o cuatro títulos al año, pero, aunque está mal que yo lo diga, estamos teniendo una acogida excelente. Nuestro acierto ha sido ceñirnos a un tema muy concreto, pero de gran tradición entre el público americano. Tocamos el tema de la aviación, o si soy todavía más precisa, todas nuestras novelas tratan de catástrofes aéreas. Hasta la fecha hemos publicado dieciséis, ¿qué te parece?

—Mmmmm —dijo Arvid, con la copa de vino en la boca.

—¿Perdón?

—Mmmmm, mmmmm, mmmmm —estaba claro que Arvid tenía algún tipo de problema y no podía separar el borde de la copa de su labio. Drusia se levantó solícita a ayudarle. Supuse que su copa tenía un cortecito como la mía y que este había pellizcado el labio sueco. Drusia apartó la copa con la máxima delicadeza, pero del labio empezaron a emerger gotas de sangre. El hombre se puso tan pálido que parecía el mismísimo Cristo de las Gotas de Sangre, del que mi madre guardaba una estampita en el botiquín de casa. Definitivamente, Christina debía cambiar aquel juego de copas de vino.

Arvid se fue al baño, apoyado en Drusia, y Christina los acompañó. Era un poco triste ver en qué pocos instantes había perdido el sueco toda su dignidad y su pose.

—No es una catástrofe aérea, pero casi —le dije entonces a Cleo—. Accidente y caída de un semidiós.

Ella hizo un gesto de rechazo a mi comentario con la mano.

—Perdón, me impresiona mucho la sangre —dijo.

—Lo comprendo.

Se puso de pie.

—¿Te parece que preparemos la cena fría con lo que he traído?

Lo que Cleo había traído para preparar la cena fría eran tres bolsas gigantes que había comprado en la gasolinera. La primera bolsa era de miniwraps, la segunda, de miniperritos y la tercera, de minitacos.

—¿Sacamos miniplatos? —le dije.

Se rio. Me encomendó abrir las bolsas mientras ella distribuía el contenido en las fuentes. No acababa de decidir si los miniwraps combinaban mejor con los minitacos o con los miniperritos.

—Pero aquí dice que tanto los tacos como los perritos conviene calentarlos en el microondas —dije leyendo una bolsa.

—Da igual, es una cena fría.

Volvimos con las viandas al salón, adonde el semidiós herido y sus comparsas todavía no habían regresado.

—Pues, fíjate, cuando venía a Estados Unidos mi avión despegó en medio de una tormenta y la gente comentaba que un rayo había impactado en un motor. Tuvimos que volver a Madrid.

—Increíble —dijo Cleo mientras ahuecaba un poco los cojines del sofá por la zona en que se habían sentado Arvid y ella.

—Quizá si lo escribiera podría publicarlo en tu editorial —bromeé.

—Ya, bueno —se sentó—. Sucede que si no hubo accidente no entra en las coordenadas del sello.

—Claro —asentí—. ¿Abundan en tu sello los libros autobiográficos?

Por suerte para Cleo, aquella conversación no pudo prolongarse más. Arvid apareció con mejor color y sin rastro de sangre en la boca. Llevaba un algodoncito en los dedos con el que de vez en cuando se tocaba el labio. En la otra mano sujetaba un Dry Martini que, supuse, le había preparado Christina. Me llamó la atención que si bien su camisa permanecía perfectamente impoluta, la blusa de Drusia estuviera tan manchada de sangre, sobre todo en la parte inferior.

Christina elogió los aperitivos que había llevado Cleo e hizo circular las bandejas. Sugirió retirar las copas de vino, para evitar riesgos, y entre ella y yo preparamos cócteles para todos. Los mini-wraps de dátiles con jamón tuvieron un éxito inverosímil y los perritos fríos con salsa barbacoa, no digamos.

Cleo volvió al ataque. Abrió su maletín y le entregó a Arvid un libro.

—Te he traído un regalo. Es el principal éxito de nuestra editorial.

A Arvid le molestó tener que dejar el Dry Martini para sujetar el libro. Leyó en voz alta el título.

—*The Farmer.*

—Es un libro delicioso, cuenta la historia de un hombre que vive solo con su perro en una casita de campo y una noche es despertado por una gran explosión. Cuando sale a mirar solo encuentra fuego. Bueno, os podéis imaginar, había sido un terrible accidente de un DC-10 de American —me impresionó la concreción—. A partir de aquí la novela cuenta cómo ese accidente le cambia la vida al hombre, y al perro.

Arvid dejó el libro y cogió de nuevo su copa.

—Gracias, lo leeré en el vuelo de vuelta —y soltó una carcajada.

—Yo sé que a veces con la mentalidad europea cuesta entender un proyecto como este. Quiero que sepas, Arvid, que un porcentaje muy importante de nuestros beneficios está destinado a obra

benéfica. En concreto colaboramos con la Asociación Federal de Víctimas de Accidentes de Tráfico.

—¿De tráfico? —dijo Arvid. Temí que se
propasara—. El tema de los accidentes os preocupa,
¿no?, en general.

—Puedes verlo así —dijo Cleo; aquella mujer era inquebrantable—. Me gustaría muchísimo
que colaboráramos en algún proyecto, Arvid. Me
parece que es una temática con muchas más posibilidades de las que imaginas. Creo que se adapta ma-
ravillosamente a tu manera de escribir y de concebir
las historias. Me encantaría que leyeras este libro
y antes de regresar a tu país pudiéramos vernos y
hablar de todo más tranquilos.

—Ok, gracias —dijo Arvid, y le enseñó su
copa vacía a Christina—. Kráistina, preparas los
mejores Dry Martini que he probado.

Mientras Christina le preparaba otro Dry
Martini, y con el único afán de sacudirse de encima
a Cleo, Arvid se dirigió a mí.

—Don Quixote —y se rio a carcajadas. Alguno de los ingredientes del Dry Martini le estaba
afectando ya al cerebro, presumiblemente la ginebra. Me repateaba que ahora el tipo se quisiera hacer el simpático conmigo—. ¿Sabes lo que más me
gusta a mí de Estados Unidos? Los camiones. Son
impresionantes. Tan brillantes, tan limpios, platea-
dos, dorados, rojos, refulgentes —estaba inspirado.
Debió de pensar que, al ser yo un hombre, el tema
de los camiones me interesaría mucho. Pero no le
respondí, solo asentí brevemente. Cleo, por fin,
parecía un poco enfurruñada por el comportamiento del sueco.

Christina le entregó el Dry Martini, rebosante y con dos aceitunas.

—El próximo, con tres aceitunas —le dijo.

Él, lejos de agradecerlo, lo que hizo fue señalar los zapatos de Christina. Eran unos zapatos blancos con unos dibujos de libélulas azules.

—Me gustan esos zapatos, Kráistina —dijo Arvid—. Considero la libélula un símbolo mío, yo mismo me siento un poco libélula.

—A mucha gente le asustan —dijo Christina.

—Hay quien piensa que dan mala suerte —dijo Cleo—. Mi cuñado es piloto y huye de ellas como de la peste —era evidente: las groserías del sueco habían hecho mella en Cleo.

—¿Y qué piensa tu cuñado de tu editorial? ¿Le da buena suerte?

Ahora sí, Cleo se puso colorada de indignación. Por suerte, Christina tuvo los reflejos suficientes, y antes de que Cleo pudiera hablar dijo:

—Drusia, esa blusa manchada te da cierto aire de psicópata, déjame que te preste una limpia —lo que me pareció una excusa como otra cualquiera para llevarse a las mujeres de allí—. Cleo, ¿nos acompañas?

La mirada de Christina apaciguó milagrosamente a Cleo, y la llenó de sentido común. Alejarse de Arvid era tener mucho sentido común. Las tres remontaron el salón y desaparecieron por las escaleras. Arvid volvió a lo mismo:

—Don Quixote, Lorca, Pablo Neruda —quizá eran las aceitunas lo que le afectaba al cerebro.

Traté de pensar en el nombre de suecos famosos y solo me venían a la cabeza nombres de

Ikea: Otto, Ludvig, Gustav... Entonces, caí en la cuenta.

—Ahora entiendo por qué me sonaba tanto tu nombre, así se llama la estantería de mi cuarto en Madrid: Arvid.

El tipo me miró fijamente. Parecía como si no comprendiese o no fuera capaz de asumir mis palabras.

—Supongo que es muy duro para un escritor tener un nombre de estantería.

Sus ojos se acercaban entre sí hasta límites insospechados. De pronto soltó una carcajada desproporcionada, como casi todo en él.

—¡Eres un tipo gracioso!

—¿Me parezco a algún personaje de tus novelas?

—Ya no me acuerdo de mis novelas, se me olvidan tan rápido como las escribo —y volvió a reír, y también a beber. Se bebió medio Dry Martini de un trago.

Se quedó mirándome. No tenía ningunas ganas de seguirle la corriente, pero su mirada me intimidaba bastante, la verdad.

—Hay un elemento de la cultura norteamericana que encajaría muy bien en tus novelas. Me refiero al triturador del fregadero. ¿Lo conoces?

Arvid se encogió de hombros e inclinó la cabeza. No era capaz de reconocer que no sabía de qué le hablaba. Le mostré el camino de la cocina. Sus largas piernas parecían articulaciones metálicas dentro de los pantalones de cuero. Se movieron con dificultad, creando ángulos imposibles, para levantar a Arvid del sofá.

—Esto es un icono —le dije ya en la cocina, y accioné el interruptor—. Tritura todo —grité—. No quiero imaginar las cosas que podría hacer un personaje tuyo con él.

—Triturar cucarachas —dijo con gesto escéptico—, otra cosa no se me ocurre.

A mí sí se me ocurrían, pero no estaba dispuesto a darle ideas a aquel tipo. Apagué el triturador. Arvid estaba saliendo de la cocina.

—¿Tú sabes preparar el Dry Martini? —me preguntó en el salón.

—Claro —le dije, y cogí su copa. Él aprovechó para observar el jardín por el ventanal. La noche estaba cayendo. Según avanzaba el verano se notaba que los días eran cada vez más cortos.

—¿Qué estarán haciendo las mujeres con las blusas? Imagino un trasvase bastante divertido.

—No lo sé —dije.

Puse tres aceitunas en su copa y la rellené de ginebra, nada más. Si eso no era un Dry Martini, se le parecía mucho. Se lo entregué.

—¿Te apetece que las espiemos? —dijo.

Reí por cortesía y me volví a sentar. Él siguió mirando por el ventanal.

—¿Te cepillas a Kráistina?

—Es asunto mío —le dije.

—Si te gusta Drusia, cambiamos cromos esta noche —el tipo seguía mirando al jardín; no se atrevía a decírmelo a la cara—. Y si lo prefieres, te llevas también a la de las catástrofes y te lo montas a tres.

Los pasos y comentarios de las mujeres se acercaban ya a nuestra posición. Drusia fue la primera en entrar, con una blusa de seda blanca de Christina.

—Estupendo —dijo Arvid—. Voy a darme una vuelta por el jardín, chicas, necesito que me dé el aire. Ah, y reflexiona sobre lo que te he dicho, Quixote.

Se fue. Por supuesto, yo no tenía nada sobre lo que reflexionar. Su ocurrencia, ya solo por el hecho de que fuera él quien la proponía, me parecía despreciable. Me senté junto a Christina y me juré a mí mismo no separarme de ella en el resto de la velada. Nos quedamos bastante a gusto sin Arvid, conversando sobre la niebla de San Francisco, sobre los hijos de Michael Jackson y sobre los distintos países que componían la Unión Europea, entre los cuales ni Drusia ni yo teníamos muy claro si se encontraba Letonia.

Un buen rato después, Arvid regresó del jardín. Supuse que había tenido alguna clase de encuentro con Tse, porque corría y gritaba con cara de miedo. Al entrar al salón no vio, como era de esperar, la mosquitera, que había vuelto por sí sola a su posición. Se estampó con una virulencia muy superior a la que yo había conocido días atrás. Me preocupó que aquello pudiera otorgarle galones para sucederme.

Salimos corriendo a atenderle. Estaba sentado en el suelo, aturdido. El labio volvía a sangrarle. Drusia se acuclilló a su lado. Le cogió la mano y le habló en sueco o similar. A pesar de la debilidad y la cogorza que manifestaba, Arvid estaba furioso. Christina trajo papel de cocina, pero el sueco no hacía más que limpiarse con la blusa de seda que ahora llevaba Drusia. Después, entre la letona y yo intentamos ponerlo de pie, pero no pudimos, porque el tipo empezó a dar alaridos. Era un histérico, un cobarde, definitivamente aquel hombre estaba preparado para cualquier cosa menos para padecer calamidades en su cuerpo. Su espalda formaba con el suelo un ángulo de cuarenta y cinco grados y apoyaba todo su peso en nuestros brazos.

—¡Lumbago, el lumbago otra vez! —su cara palidecía por momentos, todo él languidecía—. ¡Bajadme! ¡Bajadme! ¡Ländryggssmärtor!

Yo le hice caso de inmediato, entre otras cosas porque mis brazos ya no aguantaban más y porque aquella palabra me asustó mucho, pero Drusia tenía una opinión muy contraria.

—No te podrás levantar, tienes que aguantar ahora aunque te duela, acuérdate del avión —y tiró hacia arriba, de manera que por nuestra falta de acuerdo la espalda de Arvid se vio sometida a una extraña torsión que terminó de rematarle. Dio un grito pavoroso y perdió el conocimiento.

Lo depositamos sobre el suelo. Drusia, con una frialdad bastante profesional (¿sería enfermera?), le daba tortitas y le soplaba en la cara. Dijo que era una lipotimia, que Arvid las sufría con frecuencia. Cleo fue a buscar agua, pero ni con esas volvía en sí. La mezcla de la sangre, el lumbago y el alcohol había sido demasiado para él. Por suerte, Drusia permanecía bastante tranquila, a pesar del aspecto mortecino del escritor sueco. El labio ya ni siquiera sangraba.

Tse apareció por allí. Le vimos observándonos desde el jardín y Christina le pidió que se acercara. Quería que entre Tse y yo cargáramos al sueco hasta el coche para llevarlo al hospital.

—¿Qué ha pasado? —dijo Tse.

—Se ha chocado con la mosquitera.

—Estaba en el jardín —dijo el navajo, como si aquello fuera un delito.

—¿Le has hecho algo? —inquirió Christina.

—Estaba orinando en la pared de mi casa, solo le enseñé el hacha para que se fuera de allí.

Tse, de manera poco ortodoxa, cargó con el cuerpo de Arvid sobre su espalda y lo llevó hacia el coche, mientras yo hacía como que sujetaba las piernas. Abrí la puerta de atrás del Dodge y le dije a Tse que lo colocara allí. Este, exhausto a pesar de su fortaleza, dejó caer el cuerpo de Arvid con todo su peso sobre el asiento de atrás.

Fue el grito del navajo el que me hizo darme cuenta de lo que pasaba: había colocado a Arvid sobre mi bandeja de cactus, hábilmente camuflados en la oscuridad. Tse estaba dando aullidos de dolor junto al coche por las púas que se había clavado en las manos, y había dejado el imperturbable cuerpo de Arvid sobre las plantas. Lo increíble es que el desmayo del sueco era tan profundo que ni siquiera se enteró.

—Oh, no me lo puedo creer —dijo Christina cuando vio lo que ocurría.

Creo que en ese momento Drusia dudó de nuestra honestidad.

—Por favor —dijo—, por favor, quitadlo de ahí, él no merece esto.

—Lo siento, Drusia, te juro que había olvidado por completo que...

—Sacadle —dijo Christina con la voz más grave que le conocía. Me sorprendió su deje autoritario.

Tse y yo cogimos a Arvid por las extremidades, para librarnos de los pinchos, y lo colocamos de medio lado en la acera. Varias *Mammillarias densispinas* completas, con maceta y todo, estaban incrustadas en su espalda y en su culo. Era una imagen pavorosa. Por fortuna llevaba mis guantes anticactus en el maletero y pude extirparle las macetas allí mismo, aunque su espalda seguía tachonada de espinas. Drusia sugirió que era mejor meter al semidiós en casa, no hacía falta ir al hospital. A nadie escapaba que, además de muchos pinchos, lo que tenía era una cogorza monumental. Christina apoyó la idea.

Dejamos a Arvid en uno de los sofás, boca abajo. Drusia le levantó la camiseta y Christina acercó una lámpara. Las espinas eran tan pequeñas que apenas se veían, pero toda la piel, de naturaleza blanquecina, estaba inflamada, roja y repleta de arañazos y heridas causadas por las púas más grandes, las que se habían quedado en la camiseta. A la ardua labor de intentar arrancar las espinas se sumó Cleo, en un gesto que la honraba. Aunque cuando vio la espalda del sueco dijo:

—Quizá esto le ayude con el lumbago. Mucha gente desconfía de la acupuntura, pero es muy efectiva.

La venganza, como la cena que ella misma había llevado, es un plato que se sirve frío.

Se demostró la inutilidad de intentar quitar las espinas con pinzas, porque eran tan pequeñas que se partían al sacarlas. Christina sugirió poner aceite para que se abrieran los poros. Drusia había oído que las espinas se quitaban con pegamento, cuando este solidificaba. Cleo, como buena americana, dijo que con chicle se podían quitar. Entre las tres convirtieron la espalda de Arvid en un laboratorio de pruebas, cada una con su pequeña zona acotada. No sé cuál de ellas disfrutó más, pero vista desde nuestra posición, la imagen de las tres mujeres arrodilladas junto al cuerpo asaetado tenía algo de bíblica.

Por nuestra parte, Tse y yo, con cierto complejo de transportistas, nos apartamos un poco. Le ofrecí un copazo y los dos, apoyados sobre el mueble bar, nos dedicamos a buscarnos espinas en las manos.

—¿Por qué había unos cactus en el coche? —dijo Tse.

—Los he traído yo.

—¿Para tu esquina?

—Claro.

—El coche no es buen sitio para dejarlos.

—Ya lo sé.

—Cualquiera se puede sentar encima.

—Tse, estás diciendo obviedades.

—Yo no me he metido contigo.

—Ni yo contigo.

—Yo no he dicho que tú te hayas metido conmigo. Solo he dicho que yo no me he metido contigo.

—Vale.

Los experimentos de las tres chicas sobre la espalda sueca no fueron nada fructíferos. Desanimadas, decidieron tomarse una copa con nosotros.

Era un poco triste ver el largo y semidesnudo cuerpo del escritor sueco desparramado como un trofeo de caza en el salón de Christina. Pero a la vez era un descanso saber que al menos durante un rato estaría tranquilo y no se produciría más lesiones. La presencia de Tse en la improvisada reunión junto al mueble bar no incomodaba a nadie excepto al propio Tse, que no tuvo tiempo de irse porque en el preciso momento en que lo intentó apareció Rowena desde la cocina. Acababa de llegar a casa.

—El coche tenía todas las puertas abiertas —se dirigía a mí, claro, que era el que solía utilizar el Dodge. Pero no pudo decir nada más, porque la visión del eccehomo flagelado le horrorizó.

Christina la puso al corriente de lo sucedido y de la dificultad que estábamos encontrando para quitarle las espinas. La filipina se quedó reflexionando. De pronto se acercó al cuerpo de Arvid, se arrodilló a su lado, se soltó el pelo, que llevaba recogido en un moño, y empezó a frotar con su propia melena la espalda del escritor. Ante nuestra perplejidad dijo:

—Mi madre lo hacía así conmigo. El pelo se lleva las espinas.

Christina acudió a comprobar el milagro de aquella especie de Magdalena sobre el cuerpo yaciente. Dijo que no quedaba ni una espina. Podía parecer surrealista, pero era cierto. Rowena era extraordinaria.

La labor no estaba terminada, porque había que mirar bajo los pantalones, aunque de esto fue Drusia quien se ocupó. Cuando desabrochó el cinturón del sueco, todos nos retiramos con discreción a la cocina. Así y todo, tuve ocasión de comprobar que los calzoncillos de Arvid eran verde oscuro tipo slip.

Drusia regresó un rato después, tan ufana como despeinada. Empezaron las despedidas. Entre Drusia y Christina resolvieron que lo mejor era dejar que Arvid pasara la noche tranquilamente en el sofá. Lo arroparon con mantas y Cleo acercó a Drusia hasta su hotel.

Al fin nos quedamos Christina y yo solos.

—Me da pena de Arvid, ha sido demasiado duro todo —dijo ella, ya en la cama.

—Aguantarle también ha sido duro para nosotros.

—Oh —dijo Christina de una manera un tanto ambigua. Pocos instantes después estaba dormida.

Bajé al salón a coger *The Farmer*, el éxito editorial que Cleo le había regalado a Arvid. Sería curiosidad malsana, pero me apetecía hojearlo un poco. La imagen de Arvid en el sofá, solo en la inmensidad de aquel salón e iluminado exclusivamente por la luz exterior del porche, me sobrecogió. Casi me sentí obligado a velarle durante un rato, pero me fui de allí.

De nuevo en la cama abrí el libro por una de las primeras páginas.

Maicon bajó del coche y abrió la puerta del maletero a Ivory. La perrita salió de un salto y corrió hasta el lugar de la tragedia, como si ya supiera bien a lo que iban allí. Husmeó entre los amasijos de hierro durante mucho rato, sin éxito aparente. Maicon prefirió mantenerse lejos del lugar, apoyado en su coche de policía. Había entrenado a Ivory para localizar cualquier objeto naranja, lo que parecía casi imposible en aquel paisaje carbonizado. Pero cuando Maicon ya estaba pensando en irse, Ivory apareció con algo en la boca. Era un hueso, seguramente un fémur, envuelto en abundantes jirones de carne. Maicon regañó al animal, le quitó el hueso y lo lanzó lejos con fuerza. La perra, desbordada de felicidad, corrió tras el hueso a toda la velocidad que le permitían sus patas, con las orejas hacia atrás y la punta del hocico afilada como la de un *jet*.

¿Era un libro de humor? ¿Acaso el autor se permitía la ironía para enfrentarse a un tema así? Tenía tanto sueño que ni siquiera pude responderme esas preguntas.

8

Me desperté con dolor de cabeza. Era tarde. Los sueños de última hora son muy traicioneros, pero aquel en el que Michael Jackson era el único superviviente de un accidente aéreo me dejó especialmente turbado. ¿Qué? ¿Dónde estoy?

Dediqué un buen rato a buscar a Christina entre las sábanas de la gigantesca cama *king size,* pero no la encontré. Sin ducharme, y con mi bote de Tylenol, bajé a desayunar. Rowena me informó de que «el señor alto» había desayunado con Christina. Entendí que, tras ver el aspecto que debía de presentar Arvid, Rowena no se asustara mucho del mío. Mientras yo desayunaba se dedicó a reforzar con clavos la mosquitera. Se la veía con bastante experiencia en el asunto.

—¿Ya estaba recuperado el sueco?

—No lo sé.

—¿Se apoyaba en el respaldo de la silla?

—No me fijé.

—¿No quedan cruasanes?

—El señor alto los terminó.

—Vaya.

—Hay de eso —dijo Rowena. Eran los minitacos y los miniperritos que había llevado Cleo. Supuse que ese había sido el desayuno de Christina.

—No, gracias. ¿La señora se ha ido a nadar?

—Fueron los dos.

—O sea, que sí estaba recuperado el sueco.

—No lo sé.

Me tomé el café, me duché y me fui al Arizona Cactus Garden. Estuve torpe y desganado toda la mañana. Me pareció que a las suculentas les ocurría algo parecido. No hacían más que beber Isostar y buscar la sombra del ciprés más alto, lo cual las colocaba sistemáticamente en fila. Llegado un momento yo también pedí la vez en la fila. Nos pasábamos el Isostar de izquierda a derecha y de derecha a izquierda. Pero a medida que el sol subía, la sombra era más corta y la competencia, mayor.

—Han anunciado temperaturas superiores a los cien grados Fahrenheit para hoy —dijo entonces Cynthia, que evidentemente había preferido ocultarnos esa información hasta ese momento. Supuse que cien grados Fahrenheit era mucho (un par de meses en Estados Unidos no es tiempo suficiente para aprender a traducir los grados Fahrenheit a los grados centígrados de toda la vida, ya que la operación de restar 32, luego multiplicar por 5 y luego dividir entre 9 no es fácil de hacer en unos segundos).

—¡No empujes! —le dijo Norah a Lindsay.

—Estás en mi sitio.

—¡Yo estaba ahí!

—¡¡Silencio!! —gritó Cynthia. Caminó por delante de nuestra fila, con su gorra, como un coronel pasando revista—. No puedo obligaros a trabajar en estas condiciones, hace demasiado calor, tenéis el día libre.

El júbilo de las suculentas era equiparable al que, imaginé, las acompañaría el día de su graduación. Corrieron todas hacia el aparcamiento, en una de esas imágenes de despendole que tanto gratifican al imaginario masculino: volaban las gorras y las camisetas por el aire. Al parecer se iban a bañar a Rinconada Pool, la piscina en la que Christina y Arvid ejercitaban sus músculos por las mañanas, y ese era un plan que no encajaba para nada entre mis apetencias. Nunca le he visto la gracia a lo de exhibir tus axilas y otras partes de tu cuerpo mientras chapoteas con otras muchas personas que también chapotean y enseñan sus axilas. En términos generales, las personas me gustan más cuando están con ropa y secas.

De manera que acerqué en el Dodge a tres de las suculentas, pero no me sumé a su plan. Tras dejarlas en la puerta de Rinconada Pool y girar en Middlefield, una calle paralela al Camino Real que atraviesa todo Palo Alto, vi a Christina y a Arvid sentados en la terraza de una heladería. Pasé despacio por delante de ellos, como hacen los mafiosos en las películas, y podría asegurar que ellos no me vieron. No hacían nada prohibido, pero tampoco nada que me agradara. Simplemente tomaban algo con el pelo mojado y charlaban.

Seguí adelante. No tenía ganas de volver a casa de Christina. Conduje un rato sin rumbo fijo hasta que decidí parar en un restaurante de la autopista 101 llamado Denny's. Era martes y la camarera me explicó dos veces que los martes los niños comían gratis en Denny's. Le aseguré que no tenía niños ni posibilidad de ir a buscar ninguno. El café y la abundante comida me sentaron bien y pude olvidar definitivamente el dolor de cabeza.

Cuando llegué a casa, Christina y Arvid tomaban una copa en el porche. Me pareció que la mirada que me dirigió el sueco no era precisamente hospitalaria.

—¡Hombre! —dije—. Me alegro mucho de verte, Arvid, ¿cómo te va?

Le tendí la mano. Desde luego, iba a plantar batalla, no estaba dispuesto a dejarme amilanar.

—Fantásticamente —dijo el sueco.

—Hola, Agustín —dijo Christina sin levantarse. Me tomé mi tiempo para sentarme en otra butaca, en frente de ellos e interrumpiendo en gran medida su visión del jardín.

—Bueno —dije—, ¿qué tal día llevas, Arvid? ¿Todavía no has tenido ningún accidente?

Me miró con severidad.

—No sé de qué me hablas, tío. Deduzco que ya hemos sido presentados en alguna ocasión, pero te aseguro que no recuerdo nada de ti.

—Ya, pues mejor así, hay ciertos asuntos *espinosos* entre nosotros.

—¿Qué te pasa, Agustín? —intervino Christina con su consabida serenidad.

No respondí. El sueco aprovechó aquel momento de silencio para analizarme de arriba abajo.

—Y el lumbago ¿qué tal? —dije.

—¿Quién es este personaje, Kráistina?

—Ya te lo explicaré —Christina se puso de pie y me miró—. ¿Puedes acompañarme un momento a la cocina, Agustín?

—Claro.

Fuimos a la cocina. Era consciente de que mi comportamiento estaba siendo poco digno, pero necesitaba decirle a Christina que la presencia de aquel tipo me repateaba hasta la médula.

—Quiero que nos dejes solos —se adelantó. Me hablaba a una distancia tan corta como solo ella podía hacer en aquel continente—. Eres muy especial para mí, pero Arvid también lo es.

Me lo dijo así. Conseguí mostrarme entero mientras ella me ofrecía un pitillo y se encendía otro. En cierto modo eran las reglas del juego con Christina y yo las conocía desde el primer momento. Supongo que me di cuenta de que, de golpe, había llegado el momento de despertar de mi sueño americano.

—Lo entiendo..., quiero decir que... lo entiendo.

—No hay nada que entender.

—Ya, a eso me refiero.

Sonrió.

—Ha entrado en escena un nuevo macho dominante —dije—. Hay que ser elegante en la retirada.

Hizo un gesto con la mano como apartando mi comentario y se fue hacia la puerta.

—Coge mi coche si quieres.

Desapareció. Ya solo, sin tiempo para las lamentaciones, dije bien alto:

—¿Rowena? —acudí a la puerta de su habitación—. ¿Rowena?

—¿Sí? —salió al fin.

—Te he traído una mazorca y una ración de costillas —las había pedido en el Denny's pensando en ella y quizá también en Christina, como tantas otras veces.

—Gracias.

—Lo he dejado en la mesita de la entrada.

Me acerqué a ella y, sin pensarlo dos veces, le di un abrazo, seguramente el abrazo que no había podido darle a Christina. Fue extraño: la diferencia cultural, la diferencia de estatura y la diferencia de otras muchas cosas propiciaba un acoplamiento poco armonioso entre nosotros, lleno de huecos y contrastes. A ello también debió de contribuir el hecho de que ella no entendiera nada de lo que estaba pasando.

—Me voy —le dije, y tal como acababa de hacer Christina, caminé hacia la puerta—. A lo mejor algún día vengo a traerte comida —dije antes de salir.

Mientras llenaba una de mis maletas con la ropa que pude encontrar en mi armario, me pareció oír el coche de Christina en el exterior. Bajé al poco tiempo, atravesé el salón y dirigí una última mirada hacia el porche, donde, para mi sorpresa, Christina y el macho dominante estaban devorándose la mazorca y las costillas.

—Rowena nos ha dicho que has traído esto —dijo Christina con la boca llena—. Gracias, están excelentes.

—¿Dónde está? Me gustaría que me acercara un momento en el coche.

—Ah, lo siento, ha ido a recoger la maleta de Arvid, no creo que tarde.

Al sueco se le veían los granos de maíz entre los dientes.

—Si gustas, Quixote... Kráistina me ha refrescado la memoria sobre tu persona.

No dije adiós siquiera. En la calle miré hacia un lado y otro y me decanté por la izquierda. Era media tarde. El sol apenas se colaba ya por algunos resquicios entre las casas. Caminar por las calles más residenciales de Palo Alto no se me antojaba especialmente molesto. Además, las aceras de la zona estaban separadas de la calzada por una franja de césped y arbolitos que las hacían más agradables. Era una suerte de «carril peatón» flanqueado por verde: hasta tal punto los americanos son conscientes de que el hombre andante, esa especie en peligro de extinción en su país, debe ser preservado con medidas de discriminación positiva.

Pero cuarenta y cinco minutos después ya no podía más. El problema del «carril peatón» es que es idéntico en todas las calles y no es muy fácil saber dónde estás. Y preguntarle a alguien el camino no es algo que puedas ni siquiera plantearte. La probabilidad que tienen dos átomos alejados de chocarse en la inmensidad del cosmos es prácticamente nula, casi igual a cero, pero la probabilidad que tiene un peatón de encontrarse con otro peatón en Palo Alto es literalmente cero, porque en este caso no existe otro peatón.

Me detuve en el centro de la calzada, esperando que algún coche tuviera la generosidad de llevarme, o al menos de explicarme dónde demonios me encontraba. Tenía sed, sudaba. Fumé, por segunda vez desde que salí de casa de Christina. Al contrario de lo habitual, seguía haciendo mucho calor a esa hora (no sé si cien grados Fahrenheit, pero mucho). Me limpié el sudor de la frente. Me soplé en la herida que la correa de la maleta me estaba haciendo en la mano. Mi maleta, que tenía un diseño de los años ochenta, y cuyas diminutas ruedas de metal no eran precisamente de primera calidad, empezaba a pedir a gritos que la llevara en brazos. Tampoco aparecían coches, y los pocos que lo hicieron daban la vuelta sobre sí mismos cuando me veían en el centro de la calzada.

Envolví de nuevo mi muñeca con la correa y tiré de la maleta con todas mis fuerzas. Era evidente que alguna rueda estaba atascada e incluso (esto lo comprobé cuando me agaché para mirarlo) que una de ellas había desaparecido. Probé a llevar un rato la maleta en volandas, pero no era viable. Decidí deshacerme de ella. Me aparté a un lado, metí en una bolsa de plástico un par de mudas, el neceser y el frasco de Tylenol, y me até un jersey en la cintura, consciente del frío que podía hacer por las noches. Sin maleta todo fue más fácil, aunque la sed y el cansancio perseveraban.

Un rato después llegué a Alma Street, una calle con mucho tráfico, y al paso a nivel sobre las vías: al fin estaba en el buen camino. En esta zona las medidas propeatón ya estaban olvidadas por completo y volví a sentirme en peligro de extinción, sin hábitat propio y permanentemente asediado por los depredadores. En el paso a nivel no había nada pensado para que los de mi especie cruzáramos las vías, así que tuve que hacerlo por el mismo lugar que los coches. El conductor de la furgoneta que se puso detrás de mí, cansado de mi escasa velocidad, y quizá temiendo que un tren llegara y le arrollara, me gritó cuando me adelantó:

—¡Hay una pasarela para peatones más adelante, a media milla!

Dijo media milla como quien dice cuatro metros, tenía gracia. Aceleró y me llenó de humo.

—¡Me cago en tus muertos, imbécil! —le dije en español.

Así, en los estertores de la tarde, un hombre valiente, deshidratado, al límite de sus fuerzas consiguió llegar a su destino, las residencias universitarias de Escondido Village. En su haber, la gesta de haber atravesado a pie, por sí solo, en una de las jornadas más calurosas del verano, el término municipal de Palo Alto, California. Era tal la dimensión de lo conseguido, mi orgullo atesoraba ya un bagaje tan imponente, que asumí con la mayor entereza lo que encontré a continuación. La casita de Escondido Village estaba precintada, cerrada a cal y canto con cadenas y candados. Era increíble, pero tanto la puerta como su marco disponían de unos anclajes para poder hacer esta operación. Tenía dudas, incluso, de que los autores de semejante tropelía, el consabido Housing, hubieran tenido la precaución de cerciorarse de que no dejaban a nadie dentro cuando clausuraron la casa de esa manera.

Un nuevo pasquín pegado en la puerta, aunque este más discreto que el anterior, informaba de los procedimientos que el inquilino del apartamento debía seguir para recuperar los enseres que conservara en la casa y para cancelar su relación contractual con el Housing de Stanford, lo cual significaba que ya nunca más podría alojarse en ninguna de las residencias del campus. Los motivos por los que se había llegado a esta situación ni se mencionaban. Simplemente, con letra pequeña, en la parte inferior del pasquín, aconsejaban que el inquilino acudiera a un centro de desintoxicación para fumadores perteneciente al hospital de Stanford.

Rodeé la casa para entrar a la yarda y así acceder a la puerta de mi terraza, que se abría con la misma llave que la puerta principal. Pero aquí también habían utilizado el mismo (y no muy sutil) mecanismo de clausura. Caminé hasta una fuente que me sonaba haber visto en el jardín. Aunque todavía era de día, no había apenas actividad ni en los columpios ni en las praderas. Supuse que era la hora feliz de la cena feliz de las familias felices y civilizadas. Bebí mucha más agua de lo que me creía capaz. Pero seguía sofocado. No tenía la impresión de que el calor hubiera aflojado ni lo más mínimo. Metí la cabeza bajo el grifo y allí permanecí durante unos segundos.

Los niños llegaron, salieron de debajo de las piedras, mi sola presencia los hizo aparecer casi simultáneamente.

—¿Por qué haces eso?

—¿Tienes más platos?

—Mejor sillas, ¿no tienes más sillas?

—A mí no me dieron de tu dinero, ¿puedes darme?

—¿Por qué no vuelves a hacer eso de la cabeza?

Me sacudí como pude el agua del pelo y miré por encima de los niños. Como ya podía imaginar, a lo lejos, desde la terraza de su casa, la mujer sargento me observaba. Aparté a un par de niños con el revés de mi mano y caminé hacia ella.

—Haya fumado o no, me parece que una agresión así no está justificada —quizá no fuera justo, pero la hacía responsable a ella de lo sucedido.

—He visto los candados —dijo.

—Es una clara violación de mis libertades individuales, me siento pisoteado.

Me miró durante unos instantes. Llevaba una especie de delantal rosa y sujetaba un plato infantil con restos de comida. Este par de detalles, y quizá también algo en la expresión de su cara, rebajaban un tanto la aspereza de su imagen.

—Lo siento por usted. Puedo asegurarle que yo no tengo nada que ver con esto.

—Usted parece mandar en esta yarda más que nadie.

—Aquí no manda nadie. Simplemente hay unas normas y todos las respetamos.

—¿Y yo?

—Usted ha fumado.

—¿Cómo lo sabe?

—Le he visto, dentro y fuera de su casa.

—¿Y qué hacía usted mirando dentro de mi casa?

Esto la dejó ligeramente noqueada, lo noté. Tardó un poco en volver a hablar.

—¿Puedo ayudarle en algo? Tengo muchas cosas que hacer.

Respiré hondo.

—¿Conoce algún motel por aquí cerca que tenga buen precio?

—Preguntaré a mi marido —dijo, y antes de huir, de meterse definitivamente en casa, de aprovechar la oportunidad que le daba, no pudo evitar mirarme a los ojos por última vez. Me sentí vencedor moral. Pensé que en el fondo, muy en el fondo, la atraía.

El marido llevaba un pantalón corto y una camiseta sin mangas. Por lo demás era una réplica exacta de su mujer, solo que con la cabeza rapada.

—¿Cómo estás, tío? Tienes un motel Super 8 en el Camino Real, dirección San Antonio. Si quieres algo barato, no le des más vueltas —echó un vistazo hacia la yarda, como manera de manifestar su desinterés por mí, y desapareció también.

Como nadie más salía a decirme nada y no tenía otras alternativas, me largué de allí. Al principio lo hice al estilo del flautista de Hamelín, seguido por multitud de niños, y después, tras amenazarlos con bastante determinación, continué en solitario.

Los pasos que di por Serra Street fueron los más duros de la jornada. Ahora que los pies se habían quedado fríos, notaba escoceduras por todas partes. Sabía que si me miraba encontraría una buena colección de ampollas, y presumía que no habían sido producidas tanto por el rozamiento como por el calor al que habían estado sometidos mis pies. Pero poco antes de llegar al Camino Real, un gran todoterreno paró a mi lado. Era la mujer sargento.

—Suba. Le llevo.

—Guau —dije. Aquello había sido una especie de aparición. Gasté las fuerzas que me quedaban en trepar al imponente vehículo—. ¿Puedo sentirme seguro aquí? ¿Quién me dice que no va a entregarme a la policía?

Ella no dijo nada. Arrancó con la misma expresión seria.

—Creo que estaba a punto de echarme a dormir en la cuneta.

—Tenía que ir al Walmart de San Antonio, paso por delante del Super 8.

—No irá a comprar tabaco... —volver a subir a un medio de automoción me había subido la moral, realmente. Ella parecía inmune a todo lo relacionado con el humor—. He andado tanto que me siento como un peregrino.

Cuando llegamos al motel Super 8 aparcó delante de recepción y tuvo, para mi asombro, la gentileza de acompañarme. Me fijé en sus chanclas y en sus *shorts*. Me parecía más que dudoso que su plan fuera ir al Walmart a esas horas, pero no tenía suficientes elementos de juicio. El indio, nepalí, tailandés o lo que fuera que regentaba el local pretendía cobrarme ciento cincuenta dólares por dormir allí. Por suerte, la mujer sargento salió en mi ayuda, abrió la puerta a modo de amenaza y le dijo al tipo:

—En el Travelodge cobran setenta dólares.

—Puedo dejarlo en cien —dijo él.

—Setenta —dijo ella abriendo un poco más la puerta.

El tipo puso una llave sobre el mostrador.

—Pago por adelantado. Mando a distancia tres dólares adicionales. *Checkout* a las once.

Rechacé el mando a distancia, pero pagué el resto. Ella seguía a mi lado.

—¿Equipaje? —preguntó el asiático.

Enseñé la bolsa de plástico que llevaba en la mano.

—La última —dijo señalando con el pulgar el ventanal que tenía a su espalda, desde el que se veía la hilera de habitaciones del motel.

La mujer sargento se paró delante de su coche. Tuve la impresión, más bien la certeza, de que le costaba despedirse de mí. Me reafirmé en mi teoría de que la atraía más de lo que ella era capaz de aceptar.

—Siento mucho todo lo que ha sucedido.

—No se preocupe. Mire, allí hay una cama esperándome. Ahora mismo eso es lo único que me importa.

Vi que algo de mi comentario no le había gustado. Casi antes de que terminara la frase se metió en el coche y arrancó como si yo hubiera dejado de existir de pronto. Creo que fue la palabra «cama» lo que la asustó. La desaparición del todoterreno provocó un efecto vacío que casi me succionó.

La habitación era tan grande como desangelada. Estaba orientada hacia el oeste y el calor se había reconcentrado dentro. Puse el aire acondicionado a tope. La cama no era mucho más pequeña que la de Christina. Me encontraba ante uno de esos emblemas de la América más profunda y decadente, la estampa del motel de carretera, con sus camas *king size,* su suelo de moqueta y su televisión salpicada de cerveza.

Me tumbé en la cama, pero no aguanté mucho tiempo. Mi nivel de excitación tras el increíble ajetreo del día era muy alto. Abrí mi cartera sobre la cama y conté los billetes que me quedaban. Habría sido recomendable hacer esto unos cuantos días antes. Porque el grueso fajo de billetes que todavía conservaba tenía mucho menos valor de lo que yo pensaba, y mi tarjeta de crédito había alcanzado su límite bastantes días atrás. Apenas me quedaban algunos billetes de los grandes y el resto eran billetes de un dólar, decenas y decenas de viejos y manoseados papeles. Entiendo que para los americanos el billete de un dólar con la efigie de George Washington es un icono del que no se quieren deshacer, pero para un europeo resulta extraño utilizar un billete de valor tan escaso. Nos cuesta aceptar que las vueltas de un simple café sean ocho papeles que vamos metiendo en los bolsillos hasta que casi revientan de celulosa. El caso es que me quedaba dinero para algunas noches de hotel y poco más. Tras ello solo quedaba confiar en Dios, tal como rezan los propios billetes.

Decidí mitigar mi sed y mi hambre brutales. Tomé unos sándwiches en una terraza de California Avenue, la calle en la que había desayunado el primer día. Los sándwiches eran orgánicos y el ambiente, festivo, estudiantil, alegre, desenfadado. Frente a aquello yo solo podía ofrecer mi expresión de agotamiento y unos zapatos desatados y abarquillados tras tanto tute. Me hubiera gustado ir con chanclas y *shorts,* como hacía allí la mayoría, pero no tenía nada de eso, ni lo había tenido en ningún otro momento de mi vida. En realidad, mi imagen no debía de diferir demasiado de la de un mendigo, así que, abundando en ello, solicité que me prepararan para llevar las sobras del segundo sándwich que había pedido. Yo sabía que esto era usual en los Estados Unidos, sin embargo fui víctima de un ataque de inseguridad y dije estúpidamente:

—Es para el perro —lo que sin duda potenció aún más mi imagen de mendigo. Si algo no comen los perros de Palo Alto es sobras. La sección dedicada a ellos en los supermercados está tan surtida como la dedicada a las personas en la mayor parte de los supermercados del mundo.

Así, apenado por tener que abandonar aquel ambiente del que no formaba parte, con mi bolsa *to go* en la mano, me dispuse a volver a mi motel Super 8. Pero no fue tan fácil. Cruzar el Camino Real, con su tráfico endemoniado, resultó ser una tarea muchísimo más complicada ahora de lo que había resultado en sentido contrario solo un rato antes. Había un botón para peatones en el semáforo, pero el botón no estaba muy acostumbrado a que lo utilizaran. Estaba duro como una piedra. Supuse que estaba puesto por si acaso, únicamente por si algún hispano o alguna otra clase de inmigrante o personaje desvalido sentía la extraña necesidad de pasar al otro lado a pie. Al fin se puso verde el hombrecillo, pero por tan poco tiempo que solo conseguí llegar a la mediana, de apenas medio metro de ancho. Estaba vendido, en medio de la oscuridad, sometido al viento feroz de dos corrientes salvajes y sin acceso al botón del semáforo que podría parar aquello. Con sinceridad, mi ánimo no estaba para seguir pasando calamidades de peatón. Me senté en el suelo y fumé. Era imposible moverse de allí, no tenía fuerzas para ejecutar un solo movimiento más. Seguramente la policía llegaría en cualquier momento, porque ser peatón en Estados Unidos no está bien visto, pero si eres peatón y además fumador, lo más probable es que seas detenido.

Por suerte, un par de estudiantes en bici se apiadaron de mí un rato después. Oí unas voces que me sacaron de mi estado nirvánico, sentado como un yogui entre los rugidos de los coches.

—Señor, ¿tú estás bien? —me dijeron en español, dando por hecho mi condición de hispano.

—Según se mire —dije también en español, y como noté que no me entendían, continué en inglés—. ¿Sabéis si existe alguna posibilidad de pasar al otro lado? En el Himalaya usan tirolinas para cruzar los ríos.

—¿Puede andar?

—Claro que puedo andar, ¿qué crees que llevo haciendo todo el día?

—A la de tres pasamos todos a la vez.

Y en un gesto de valentía inigualable los chicos se atrevieron a cortar el tráfico ayudándose de la luz intermitente de sus bicis, y me dieron la mano para cruzar. Los coches esperaron con una paciencia que me sorprendió. Quizá, aunque yo no lo supiera, los conductores de Estados Unidos fueran muy atentos. Si tenían que retrasar quince segundos sus compras nocturnas en el centro comercial, lo hacían con tal de salvar la vida a los más desprotegidos.

Encendí todas las luces de la habitación y llené la bañera. Las ampollas reventadas de los pies escocieron al principio, pero luego el baño resultó relajante y purificador. No tuve fuerzas ni para frotarme, pero así y todo quedó un cerco de suciedad en la bañera cuando la vacié. Ya en la cama, por alguna curiosa asociación de ideas, me vino a la mente el pueblo manchego de mi madre, y lo añoré. Nunca había añorado un lugar con tanta fuerza. Era raro, pero quería estar allí, pasear por sus calles a la hora de la siesta, sentarme al sol, comprarme un helado al corte en el quiosco de la plaza. Hasta la fecha yo no había apreciado en absoluto ese pueblo, más bien al contrario, pero por contraste con el mundo nuevo, grande y plano que había pateado ese día, aquel lugar de la Mancha me parecía enraizado en lo más profundo de mí. Hasta eché de menos la casa de mi único hermano, instalado en el pueblo desde que se separó de su mujer, y las latas de callos con las que solía alimentarse. Hacía más de cinco años que no veía a mi hermano, el eremita, que ya ni siquiera hacía el esfuerzo de pasar la Nochebuena con mis padres y conmigo. Pero la imagen del estante de su cocina repleto de latas de callos y de fabada empezaba a ser tan irresistible que me obligué a dejar de pensar en ello. Para alguien que intentaba dormir en el centro de la cama *king size* de un motel Super 8, amenizado por la única música del propulsor de aire acondicionado, realmente era demasiado.

Apagué el aire acondicionado y la luz. Cerré los ojos. Mi cabeza se balanceaba al ritmo de mis pies, no podía librarme de su movimiento pendular ni de las palpitaciones de los músculos de las piernas, seguía viendo aceras, arbustos, apacibles jardincitos delanteros desfilando a mi lado, buzones con forma de seta, canastas de baloncesto sobre la puerta del garaje, accesos empedrados y sinuosos a la puerta de las casas, tejados de madera a dos aguas, tejados de pizarra a dos aguas, tejados a dos aguas de... Abrí de nuevo los ojos. El anuncio luminoso del motel se dejaba ver a través de la cortina raída y translúcida. De hecho, su presencia era tan obsesiva que ni siquiera notaba mucha diferencia entre abrir o cerrar los párpados. La única diferencia era

que con los párpados cerrados el complejo de peatón me acuciaba aún más obsesivamente. También
comenzó a acuciarme la imagen de la casita de Escondido Village, completamente chamuscada en su
interior, así la imaginaba yo, negra como el carbón
tras el comportamiento reprobable que había tenido en ella. Era un lugar terrorífico en el que bajo
ningún concepto querría pasar la noche. Volví a encender la luz.

Me puse los pantalones y me fui descalzo
hasta recepción. Puse sobre el mostrador los tres
billetes de dólar más viejos que tenía.

—El mando a distancia, por favor.

El indio también me dio el mando a distancia más viejo que tenía.

De cuantas cosas pude ver en la tele, la mayor parte de ellas relacionadas con la vida y la
muerte de Michael Jackson, lo que más me interesó
fue un canal de la propia Universidad de Stanford
que emitía charlas y clases magistrales grabadas.
Todo tenía un aire casero, chapucero, impropio de
la universidad en la que se supone que han estudiado los principales gurús tecnológicos de nuestro
tiempo. Tras escuchar a una especie de elfo hablar
de la implosión financiera del 29, comenzó otra
charla en la School of Earth Sciences, precisamente el lugar en el que yo asistí a mi primera clase de
cactus. Di un alarido que podría ser de horror pero
también de júbilo. Era la mismísima *Cynthia Bourbonphila,* en realidad llamada Cynthia Jameson, la
que comenzó una conferencia sobre los cloroplas-
tos y su función en la fotosíntesis. Sus palabras eran
tan aburridas como cutre la retransmisión (sombras

en su cara, presentaciones en PowerPoint fuera de plano, toses del público casi más audibles que la voz de Cynthia...), pero yo me sentí más acompañado de lo que me había sentido en todo el día.

9

—¿Mamá?

Me había despertado con esa única idea en la cabeza, llamar a mi casa. Por primera vez desde que llegué a Estados Unidos necesitaba confirmar que el Viejo Mundo seguía existiendo.

—Señor —no era mi madre, sino el indio de recepción—, solo llamadas locales.

Al parecer, el mejor método para realizar llamadas internacionales era comprar unas tarjetas de prepago que te redirigían desde una llamada local. El indio me indicó una licorería donde podía encontrarlas. No era obvia para mí la relación del alcohol con las tarjetas telefónicas. Supuse que cuando la gente se emborrachaba le daban más ganas de llamar a sus seres queridos.

La licorería era el establecimiento más siniestro de todos los que conocí en Estados Unidos. El indio me había dicho que estaba cerca, pero en Estados Unidos que algo esté «por aquí cerca» significa que no hay que coger un avión. Tardé más de tres cuartos de hora en llegar. Estaba en un lugar anodino del Camino Real, alejado de cualquier concentración comercial. La regentaba un tipo con bigote blanco y camisa a cuadros, el prototipo de vendedor que nunca se aleja más de dos pasos de su escopeta bajo el mostrador. Se respiraba cierto aire de lugar prohibido, con un rango parecido a lo que uno puede esperar de una armería; recintos en los que se permite vender el delito, pero te obligan a ocultarlo.

El tipo me sacó una ristra de tarjetas sujetas con una pinza, y me hizo buscar alguna en la que figurara España entre los destinos posibles. Comprendí que esas tarjetas estaban concebidas para los inmigrantes, es decir, mexicanos y demás latinoamericanos, porque encontrar en ellas el código de las llamadas a Europa requería algo más que una lupa o un microscopio. Era evidente que los europeos utilizaban otros cauces para llamar. ¿Qué significaba entonces el hecho de que aquellas tarjetas telefónicas se vendieran precisamente allí? ¿Que los inmigrantes bebían mucho o que ese ambiente prohibido, oscuro, casi delictivo se consideraba el indicado para ellos?

—¿Quiere un whisky de maíz? Está de oferta, vale cinco dólares la pinta.

Levanté la vista. Eran unos frascos que había sobre el mostrador con una etiqueta más que artesanal y llenos de un líquido incoloro.

—Aquí lo llamamos licor de maíz, pero es whisky, llévelo, tiene un sabor excelente.

El tipo detectó la ansiedad de mi mirada y de mis procesos mentales y obró en consecuencia. Metió el frasco en una bolsa de papel de estraza, cortó una de las tarjetas de su ristra correspondiente (el muy tuno sabía perfectamente cuáles eran las tarjetas que servían para Europa, pero al parecer solo utilizaba la información cuando le interesaba) y la guardó con el whisky.

—Diez dólares en total.

En el camino ahuequé un poco la bolsa de papel, desenrosqué la tapa del frasco y obtuve una sorpresa agradable: aquello olía a whisky. Me compré un café y un *muffin* en las máquinas de recepción del motel Super 8, y me distraje un rato con la tele en la habitación. El whisky de maíz tenía un buen sabor inicial, pero el regusto era como de aguardiente malo.

—¿Mamá?

—¿Dónde desea llamar, señor? —era una telefonista hispana.

—Deseo llamar a mi madre.

—¿En qué país está su mamá, señor?

—En España.

—¿Europa?

—Bueno, sí —eso de que mi madre fuera europea tenía un punto inverosímil para mí, no sé bien por qué.

—Pulse el 1509, cuando suene el tono pulse el pin de su tarjeta y no más lo haya marcado pulse el número de su mamá, no olvide poner los prefijos internacional y local.

—Es exactamente lo que ya he hecho, señorita.

—Ahorita es cuando lo tiene que hacer, señor.

Marqué de nuevo el 1509. Una voz grabada me informó de que el saldo en mi tarjeta era de tres dólares y ochenta centavos, es decir, me habían soplado ya un dólar y veinte centavos por nada. Marqué el resto de los números. Sonó un sospechoso pitido, señal de un nuevo fracaso.

Tras colgar, repetir lo mismo y perder otro dólar con veinte fui menos indulgente con la telefonista:

—¿Tiene usted para apuntar? Mire, el número de mi madre es el siguiente: 011 de internacional, 34 de España y el 91 546 22 21 es su número. Haga el favor de llamarla ahora mismo y pasármela. El pin de mi tarjeta es 28677349.

—Eso no podemos hacerlo desde aquí, señor.

—Hágalo, señorita, yo sé que puede hacerlo. Estoy llamando a mi madre, hace más de un mes que no hablo con ella, he caminado una milla para comprar esta dichosa tarjeta de cinco dólares y no estoy dispuesto a agotarla entera en intentos frustrados.

La chica guardó un silencio prometedor al otro lado.

—No le estoy pidiendo que me regale nada, he gastado cinco dólares en su compañía y solo pretendo charlar un par de minutillos con mi madre. Haga el favor de contactar, señorita, el mundo es una cadena de favores, usted me ayuda hoy, yo la ayudo mañana.

Esta vez el silencio fue más profundo.

—Dígame.

—¿Mamá?

—¿Quién es?

—Mamá, soy yo, Agustín, ¿me oyes?

—¡Qué alegría oírte, hijo! ¿Dónde estás?

—En Estados Unidos.

—¿Estás bien?

—Sí, estoy bien.

—No, te pasa algo. ¿Por qué no vuelves ya?

—¿Qué tal estáis vosotros?

—Vaya, tu padre, un poco malo, ahora está durmiendo, son las dos de la madrugada, hijo.

—Lo siento, pensaba que era más pronto.

La voz de mi madre llegó con otro timbre.

—Es Agustín, llama desde América —no hubo ningún indicio de que mi madre consiguiera despertar a mi padre—. Lleva unos días protestón, no sé qué le pasa.

—Siempre está así, mamá. ¿Tú estás bien?

—Bueno. Te echamos mucho de menos, me dijiste que ibas a llamar todos los días.

—No es tan fácil llamar desde aquí, no te creas.

—¿Necesitas dinero?

—No.

—¿Qué tiene aquello que no tenga España, hijo?

Me reí. Esa era una pregunta típica de mi madre.

—Menos mal que vuelves pronto —dijo entonces.

—¿Cuándo vuelvo?

—El día 18.

—¿Y a qué estamos?

—A 12. Aunque, total, para el caso que nos haces tampoco importa que no estés.

—Un beso muy grande, mamá, tengo que colgar ya.

—¿Ya?

—Sí, adiós.

Colgué. ¡Seis días! Me quedaban seis días en Estados Unidos, el tiempo había pasado demasiado deprisa. No es que tuviera muchas cosas que hacer, pero la perspectiva me asustó, para qué negarlo. Permanecí el resto de la tarde en la habitación. El whisky de maíz era bastante pasable si lo mezclabas con Coca-Cola. Pero ahora la idea del regreso ya no desaparecía de mi cabeza. El simple hecho de pensar en Madrid, el siguiente invierno en Madrid, me había producido algo semejante a la ansiedad, y estaba arrepentido de haber llamado a mi casa.

Pasé dos o tres días más en el motel, que resultó adaptarse a mí mejor de lo que inicialmente hubiera podido sospecharse. Necesitaba descansar y hacerme a la idea de que la experiencia americana tocaba a su fin.

No tuve ganas siquiera de acercarme al Arizona Cactus Garden, que imaginaba de pronto como un oasis lejano y un tanto ficticio, como los espejismos del desierto. Katherine y el resto de las suculentas formaban parte también de ese espejismo, y la posibilidad de retomar el contacto con ellas me parecía ya fuera de lugar.

Vi bastante la televisión. En un programa de gastronomía salieron imágenes de San Francisco, de sus cuestas, del Barrio Chino y del Golden Gate. Parecía una ciudad magnífica, pero yo casi prefería el recuerdo de la nebulosa por la que transité con Christina.

Al tercer o cuarto día de motel me di cuenta de que mi billete de avión debía de estar en casa de Christina, y esa me pareció una excusa excelente para acercarme de nuevo a la parte más noble de Palo Alto. Era la caída de la tarde y en esta ocasión la caminata se me hizo mucho más corta. Además, cuando ya me quedaba poco para llegar, tuve la suerte (la desgracia, diría ahora) de ver cómo el Dodge de Christina venía hacia mí por la calle. Lo detuve interponiéndome en su camino, con la esperanza de que fueran Rowena o la propia Christina quienes lo condujeran. No, era Arvid, el macho dominante, el que, pitillo en ristre, gafas de sol, asiento reclinado y codo en la ventanilla, conducía muy despacio. Además, como comprobé en seguida, escuchaba a Lisa Marie Presley. Se paró a mi lado.

—¿Puedo llevarte a algún lado?

—Voy a casa de Christina.

—Conozco el camino —dijo, y me pidió que subiera con un gesto de la cabeza.

Dudé un momento. La idea no me parecía en absoluto buena, pero tampoco me quedaba mucha alternativa. Aparté la bolsa del Seven Eleven que había en el asiento.

—Me apetecía un poco de vodka sueco —dijo indicando la bolsa—. Tanta ginebra ha acabado estriñéndome —y soltó una de sus carcajadas.

Arrancó. Conducía despacio. Llevaba el asiento tan reclinado que apenas podía ver por encima del volante. Un rato después, en una calle particularmente tranquila, se echó a un lado y detuvo el coche. Quitó la música. Era el clásico lugar al que a uno le gustaría ir con una chica, pero no con el cantamañanas que te ha birlado a una mujer en tus propias narices.

—¿Te paras aquí?

—Pásame el vodka.

—Yo voy a casa de Christina, Arvid, no eres el tipo de persona con la que me apetezca tener una velada íntima.

—Puedes ir andando si quieres, está allí mismo. Solo quiero que pruebes este vodka. Mira, dame también los vasos. He comprado vasos de plástico, estoy harto de cortarme con las copas de Kráistina.

Me sirvió tres dedos de vodka.

—Pruébalo.

—Ya lo he probado —dije mojándome los labios. Era un buen vodka, pero no era el asunto.

Arvid se bebió medio vaso de un trago.

—En ningún sitio está escrito que la vida haya que vivirla como un abstemio, nadie puede demostrarme que la vida auténtica es la vida sin alcohol.

No dije nada.

—¿Conoces a Tse, el navajo del jardín? Ese tipo se ha dado cuenta de que gracias al alcohol puede llevar una vida mucho más auténtica, al menos lo que él entiende por una vida auténtica. ¿Te gusta el ping-pong? Tse me está enseñando.

Le miré. No daba crédito a lo que estaba oyendo. ¿A qué venía ese afán confraternizador por parte de Arvid? ¿Qué quería ahora de mí? Bebí un poco de vodka, más que nada por no hablar. Aquel tipo podía pensar lo que quisiera, menos que yo estaba dispuesto a ser el *sparring* de su conversación.

—El alcohol me ayuda a conocerme, me enseña caminos desconocidos. Te veo muy moderado, Quixote, ¿no te habrás cambiado de bando?

—Sea cual sea mi bando, nunca será el tuyo —dije; hoy el borde parecía yo.

Hizo una pausa enfática y, como era su costumbre en estos casos, soltó otra carcajada.

—¡Cada vez me caes mejor!

Se rellenó el vaso y luego también lo hizo con el mío. Yo sabía que todo aquello tenía una solución muy fácil: abrir la puerta e ir andando a casa de Christina. Pero aquel vodka estaba más rico de lo que estaba dispuesto a reconocer.

Dos mujeres pasaron a nuestro lado con sus respectivos perros. De ellas vimos su espalda, sus colas de caballo rubias y dos culos perfectos embutidos en chándales grises. Arvid abrió la puerta del coche y se bajó.

—¡Eh! ¿No os conozco yo de algo?

Las dos mujeres, quizá más mayores de lo que Arvid pensaba, se dieron la vuelta.

—Soy Arvid Gustavsson, estoy tomando aquí una copa con un amigo, ¿os apuntáis?

—No, gracias —dijeron, y su velocidad de retirada, con cierta cadencia atlética, fue superior a la que traían.

Arvid volvió a meterse en el coche.

—Eres todo un profesional —le dije.

Recuperó su vaso.

—Lo mejor de la vida es follar.

Callé.

—No me lo negarás, ¿eh? Te he visto tímido, Quixote.

—Está bueno tu vodka, Arvid, pero soportarte a ti me parece un precio excesivo.

—Tú follas y bebes, ¿qué te falta, compañero español? Te falta dar un salto de calidad, falta tu foto en el periódico, en cuanto tu nombre aparece en el periódico se te quita esa cara que tienes. Sé bien de lo que hablo, aparece tu foto en el periódico y las tías hacen cola para entrar en tu cama, en serio. Claro que para eso hay que tener talento, ja, ja, ja.

—Cuando escribes ¿también bebes? No quiero imaginar cómo pueden ser tus novelas.

—Negras.

—No me gustan las novelas negras.

—A mí tampoco, ja, ja, ja.

Sacó la cabeza por la ventanilla y respiró hondo.

—Me gusta California, Quixote, se vive de miedo, hay sol, hay buen clima, hay dinero y está repleto de mujeres que florecen. Yo me quedaría a vivir aquí, pero Drusia no quiere, dice que no es nuestra vida, es una chica muy responsable, dice que está bien salir de tu vida habitual durante unas semanas, pero que eso no se puede prolongar eternamente...

—¿Tú después de esto vuelves con Drusia como si tal cosa? —interrumpí.

—Es ella la que vuelve conmigo. Me has hecho perder el hilo, compañero.

—No se puede vivir eternamente otra vida.

—No..., bueno..., o sí, ¿quién dice eso?

—Lo dice Drusia, tú piensas lo contrario.

—¿Sabes lo que dice ella a veces? Me dice: hay ciertas edades en las que uno ya tiene que saber dónde quiere ser enterrado. Al parecer es una frase de su padre, diplomático letón. ¿Qué te parece?

—Estoy analizándolo.

—¡Son monsergas, español, son monsergas! En cuanto te descuidas vienen los débiles, los débiles de espíritu, y te hablan de volver a casa, del hogar..., ¡pero es que el culto al hogar lo han inventado precisamente ellos, porque no pueden salir de él! El hogar, el interior, tu identidad, a la gente le encanta decir que en algún momento hay que volver a casa, sentar la cabeza, mirar introspectivamente. A mí eso ya me agota.

Arvid empezaba a repetirse un poco, o así me lo pareció a mí. Sin darnos cuenta nos habíamos bebido media botella de vodka, y el espíritu reflexivo que el alcohol provocaba en él empezaba a ser inaguantable. Casi era preferible el Arvid sobrio, por chulo y despreciable que fuera.

—¿Qué es la vida, compañero español?

Me encogí de hombros. El sueco puso el dedo en el parabrisas.

—¿Ves esto? Esto es la vida, este manchurrón es la vida, un pegote sin forma y sin orden, lo que queda de un insecto. La dignidad, la coherencia, la virtud, ¿dónde están? ¿Cuánto vive un bicho de estos? ¿Veinticuatro horas? Miremos las cosas con un poco de perspectiva, Quixote, miremos nuestra vida desde arriba. Si fuera humano, este insecto es probable que albergara un sentido de la existencia muy profundo, sería consciente de su lugar en el cosmos, un abnegado insecto que cada noche vuelve a su hogar y solo piensa en la huella que deja en el mundo, en su manera de mejorarlo, en el sentido de la vida, en la inmortalidad, esa es la clave, la inmortalidad, ¡ah, la perdurabilidad del insecto más allá de las veinticuatro horas que le toca pasar por el mundo! —de nuevo puso el dedo en el manchurrón—. ¡Toma inmortalidad! ¿Ves ese otro manchurrón? Otro insecto. Ese solo follaba, dormía y bebía néctares prohibidos, ja, ja, ja. A los dos los atrajeron los mismos faros. «Luz, más luz», como Nietzsche, «más luz», ja, ja, ja.

—El que dijo eso creo que fue Goethe.

—¿Y qué diferencia hay? ¿No se murieron los dos igual que todo el mundo? Somos tan egocéntricos que pretendemos que sigan hablando de nosotros después de palmarla.

Que Arvid hablara de egocentrismo tenía su miga, pero no quise decir nada, el hombre estaba inspirado.

—La vida es un segundo, un minuto, un chiste, un orgasmo.

Este fue el cenit de su pensamiento. Tras él supo permanecer en silencio durante un buen rato, en el cual, eso sí, continuó bebiendo. Luego se bajó del coche para orinar. Orinar en los arbustos de Palo Alto no está nada bien visto, pero por suerte la noche estaba ya avanzada y los vecinos de la zona debían de llevar un rato durmiendo. Arvid regresó dando tumbos al coche. Se metió y arrancó.

—No te vas a creer lo que he visto, Quixote.

Volvió a parar el coche, ahora en medio de la calzada. Se le veía excitado.

—Allí, en aquel jardín —señaló hacia atrás—, hay una escultura increíble de una libélula.

—¿De qué me estás hablando?

—Siéntate al volante y recógeme en la otra calle. Ese jardín tiene una salida al otro lado.

Era insoportable. Se bajó del coche y vi cómo deshacía el camino que acabábamos de recorrer, aunque de vez en cuando se giraba y me hacía gestos para que fuera con el coche a la otra calle. Cuando comprobé que cumplía su palabra y entraba a uno de los jardines que habíamos dejado atrás, me cambié de asiento y llevé el coche al lugar que me pedía, la siguiente paralela por la izquierda. Realmente no sabía bien cuál era el jardín por el que tenía que aparecer, así que no avancé mucho por dicha calle.

Era absurdo que el tipo llevara el asiento tan reclinado, pero no encontré la manera de ponerlo bien, sobre todo porque, en seguida, Arvid, tan alto y desgarbado como era, levantando sus piernas en ángulos rectos casi perfectos, apareció corriendo por una pradera. Llevaba un enorme bicho de madera y metal entre sus brazos, y sacaba una distancia de unos tres metros al pastor alemán que le perseguía. Avancé hacia él, pero el sueco no sabía hacer otra cosa que correr para que el animal no le mordiera, así que no podía subir al coche. Me detuve y me mantuve así un par de segundos, a la espera de lanzar un ataque definitivo contra el perro. Entonces, en un momento en que se abrió una brecha importante entre los dos, aceleré violentamente y di algunos volantazos para intentar espantarlo. El resultado fue nefasto. Lo atropellé, no al perro, sino al escritor sueco, que cayó al suelo y quedó exactamente entre las cuatro ruedas cuando frené. Mi opinión es que la culpa había sido suya, no solo por ser un cretino incorregible, sino porque, ya fuera por su fatiga, por su borrachera o por su natural tendencia al cataclismo, había preferido lanzarse al morro del coche antes que ser mordido por el perro.

—No te muevas —le dije a cuatro patas junto al coche; era un bulto tumbado, pero apenas podía distinguir su cara. El perro rascaba en el suelo al otro lado, por suerte solo le interesaba el sueco—. Voy a dar marcha atrás.

Retrocedí muy despacio. En cuanto asomó el cuerpo de Arvid, el pastor alemán se abalanzó sobre él, mordiéndole en las piernas y en los brazos. Corrí hecho un basilisco y ahuyenté al animal a patadas. Luego, para mantenerlo a distancia, lo amenacé con las alas de la libélula, que se habían roto tras la caída.

Me centré en Arvid. Estaba malherido, no había más que verle. Me miraba como un cordero degollado, muerto de miedo. Quizá temiendo que yo le hubiera atropellado aposta, no hacía otra cosa que pedirme clemencia.

—¿Qué ha pasado, sueco? Te dije que esto no era buena idea...

—No quiero morir, no quiero morir.

Entonces vi el chichón que tenía en la cabeza, sobre una ceja, que apenas le permitía abrir el ojo.

—Tienes que levantarte, Arvid, te voy a llevar al hospital, no puedes quedarte ahí tumbado.

Se puso a llorar. El perro, seguramente tan extrañado como yo, se había sentado y nos observaba con la cabeza inclinada. Todo estaba en silencio en aquellas calles de Palo Alto, menos una cosa: el llanto de Arvid, angustiado, entrecortado, melodramático. Me armé de paciencia.

—No seas patético, Arvid, no vas a morirte de esta, no caerá esa breva.

Tiré de él para que se levantara y lo acompañé hasta el coche, donde quedó tumbado de medio lado en el asiento de atrás.

—¿Quién eres? ¿Por qué me has hecho esto? ¿Quién te envía? —dijo el muy energúmeno, de camino al hospital.

—Me envía el mismísimo demonio. Joder, sueco, te estás comportando como un cobarde, no tenía yo ese concepto de ti. Te voy a llevar al hospital, te van a poner hielo en el chichón y en un par de horas estarás bebiendo vodka y diciendo las mismas chorradas que dices siempre.

No dijo nada. Solo oí que gemía y se lamentaba como una plañidera. Llegamos en un momento por el Camino Real. Me metí en el único aparcamiento que conocía en el hospital, precisamente el que utilizábamos para el Arizona Cactus Garden, pero Arvid puso el grito en el cielo para que le llevara al aparcamiento de urgencias, cuya ubicación al parecer conocía bien.

Bajó del coche haciéndose la víctima una vez más y caminó hasta el interior apoyándose en mí, como si el golpe en la cabeza le repercutiera increíblemente en la movilidad de las piernas.

—Entrega esto allí. Conocen mis datos de sobra —dijo, y se sacó su American Express de un bolsillo del pantalón de cuero. Yo ya sabía que en Estados Unidos lo más parecido a una tarjeta sanitaria es la tarjeta de crédito, pero me sorprendió lo asumida que tenía Arvid esa realidad.

—¿Ya has estado aquí, Arvid?

—Que lo entregues —respondió enfadado, y me empujó con la mirada hacia el mostrador de bienvenida, mientras se sentaba en un banco.

Le hice caso. Los espacios eran amplios, con grandes cristaleras hacia el exterior, y la decoración hacía pensar más en el *hall* de un hotel que en el de un hospital. En el curvilíneo mostrador de bienvenida había una chica de grandes dimensiones y estilo granjero: inevitablemente pensé en mis suculentas.

—Buenas noches, mi amigo se ha dado un golpe en la cabeza —dije—. Aquí tiene su historial, quiero decir, la tarjeta de crédito, por si la necesita.

La chica cogió la tarjeta con la mejor de sus sonrisas, tecleó algo en el ordenador y me dijo:

—¿Crisis de pánico otra vez?

—Eh..., bueno, en cierto modo, pero además se ha dado un buen golpe en la cabeza. El pobre tiene un imán para las desgracias.

—Ya. La atención por urgencias requiere un depósito de dos mil novecientos dólares, luego ya puede arreglarlo él con su seguro.

—¿Dos mil novecientos dólares? De acuerdo, no hay ningún problema.

La enfermera que vino a buscar a Arvid poco después también parecía descendiente de los colonos del *Mayflower*.

—La próxima vez se tiene que poner algo frío en la cabeza. Si no tiene hielo, otra cosa, una mazorca congelada, por ejemplo, o una bolsa de judías —no había duda, ella también procedía de una región granjera.

—¿Eso es lo que te enseñan en la universidad, guapa? —dijo Arvid.

La enfermera se rio y se llevó a Arvid en silla de ruedas. El sueco se giró una última vez hacia mí.

—Llama a Drusia, llámala ahora mismo —me entregó su teléfono móvil—. No responde, pero insiste hasta que lo haga.

La enfermera me mostró la sala en la que tenía que esperar. Probé a llamar a Drusia, pero ni sabía utilizar el móvil de Arvid ni tenía demasiadas esperanzas de que la letona estuviera despierta a esas horas. Los asientos eran confortables, así que en pocos minutos, pasados ya los momentos de ajetreo y olvidado el efecto estimulante del vodka, me entró una modorra considerable.

Tiempo después, la enfermera de la mazorca me despertó para informarme de que aunque Arvid estaba bien debía pasar veinticuatro horas en observación.

—¿Cómo se dio el golpe? —me preguntó mientras me acompañaba a la habitación.

—Es inenarrable.

—Él me ha dicho que usted quiso atropellarle con el coche.

—¿Le ha dicho eso? Creo que deberían tenerle más tiempo en observación. Le advierto que ya estaba mal antes de darse el golpe.

—Mi vecina está yendo a sus clases de novela negra.

—Ah, ¿sí? Ella podrá hablarle de él.

—Lo hace. Entonces ¿se ha dado un golpe con el parachoques del coche?

—Un perro le estaba persiguiendo, no diré el motivo, y para intentar ahuyentarlo he acelerado, con la mala suerte de que ha sido Arvid quien se ha puesto delante del coche en el peor momento. Pero no lo he hecho aposta, jovencita, se me ocurren maneras mucho más efectivas de cargarme a ese tipo.

—Entiendo. ¿Usted también escribe?

Nos despedimos en la puerta de la habitación de Arvid. Este yacía sobre la cama, con los ojos cerrados, pero me costaba creer que se hubiera dormido. La habitación era enorme. Me extrañó que la cama, que estaba en el centro exacto, no fuera *king size*. Para los americanos no hay nada más triste que una habitación sin una cama *king size*. Me acerqué. Ciertamente, aquel camastro quedaba un tanto perdido, e incluso ridículo, en un espacio tan grande y aséptico.

¿Qué hacía yo allí? ¿Por qué tenía que cuidar a aquel tipo? Carraspeé y golpeé la estructura de la cama con la punta del pie.

—¿Has podido hablar con Drusia? —el sueco no parecía relajado en absoluto.

—No.

—Localízala, o a Kráistina, no es a ti a quien quiero ver en esta habitación.

—No valoras todo lo que estoy haciendo por ti, Arvid —le devolví su móvil, regodeándome en mi tranquilidad—. Sin mí seguirías tirado en la calle, tan aplastado como esos insectos del parabrisas que tanto te gustan, no tan cerca de la muerte como estás, sino definitivamente muerto.

—¡¡Que te vayas a buscarlas!!

Salí del *resort* hospitalario. Montar de nuevo en el Dodge, y a solas, me hizo sentir un hombre nuevo. Conduje hasta casa de Christina. Debían de ser las dos o las tres de la madrugada. Preferí no llamar al timbre y usar la llave que había junto a la del coche. La perspectiva de volver a entrar allí sin la presencia del sueco atrapadesgracias me agradaba particularmente.

El salón, en sus tres niveles, estaba apagado. No había duda de que Christina, cansada de esperar a Arvid, se había acostado. Sin encender ninguna luz bajé hasta el ventanal del porche y luego entré en la cocina. Por pura curiosidad abrí la nevera y la volví a cerrar. No había nada interesante en ella. Entonces la puerta que daba acceso a la habitación de Rowena se abrió. Tuve los reflejos suficientes para quedarme quieto y no decir nada. El indio Tse, con toda su corpulencia, y la coleta bastante desmadejada, salió sin advertir mi presencia. Vi cómo abandonaba la cocina y luego el salón por el porche.

Me senté en un sofá. Estaba bien allí. Pasé un largo rato pensando. Luego, ninguna decisión le pareció más sencilla a mi cuerpo que la de dejarse vencer poco a poco y quedarse dormido sobre el sofá.

10

—Suecos y españoles, cada vez me cuesta más distinguiros.

—¿Eh?

—¿Qué has hecho con Arvid? ¿Habéis llegado a un acuerdo amistoso?

Tardé un buen rato en redistribuir mis recuerdos y encajarlos en aquel contexto. El hecho de yacer en el sofá y llevar puestos los zapatos me ayudó a entenderlo todo. Christina tenía el pelo mojado, acababa de regresar de natación.

Le expliqué lo sucedido mientras desayunábamos. Escuchó con una sonrisa en la boca y esa proverbial tranquilidad que yo tanto admiraba.

—Le vendrá bien el descanso —dijo.

Asentí. Rowena apareció con unas rebanadas de un pan negro y pringoso que debía de ser de alfalfa o similar. Supuse que lo había comprado Arvid. Poco después me trajo un café y un sirope de arándanos que unté en el pan negro.

—¿Qué tal estás, Agustín? —preguntó Christina—. Te hemos echado de menos.

—Ya. El día 18 me vuelvo a España.

—Eso es mañana.

—Sí, mañana es el día.

—Vaya, así que tienes billete de vuelta. Supongo que lo sabía, pero no era muy consciente.

—Bueno, yo tampoco demasiado.

No tenía mucha hambre, así que dejé a un lado el pan de alfalfa.

—¿Vas a volver?

—¿Adónde?, ¿a Stanford? ¿Cómo puedo saberlo?

—Ya sabes que esta es tu casa.

—Gracias, tienes una casa estupenda.

—¿Vienes a ver a Arvid? —dijo por fin.

Condujo ella hasta el hospital. Entramos por la puerta principal. Me enseñó un mostrador de bienvenida más grande y curvilíneo que el que yo había conocido en urgencias. Me dijo que era una donación de su primer marido, al hospital de Stanford. Esto, al parecer, es muy habitual en Estados Unidos. Las donaciones privadas son fundamentales para el funcionamiento de ciertas instituciones como las universidades, pero lo asombroso es que a veces las donaciones se circunscriben a un objeto, lugar o aspecto determinado de esas instituciones. El marido de Christina había quedado tan agradecido tras una operación que le hicieron que financió la adquisición de un nuevo mostrador de bienvenida, en cuyo lateral, eso sí, tal como me mostró Christina, figuraba una placa con su nombre. Lamentablemente, el hombre murió a los dos años de la operación, pero el mostrador perduró.

Drusia estaba ya en el interior de la habitación acompañando a Arvid. Nos saludó con una sonrisa de cordialidad que no dejó de sorprenderme. Lejos de mostrar rencor hacia Christina, creo que estaba feliz de haber recuperado a su semidiós y de poder cuidarlo. Volvieron a llamarme la atención los rasgos tan finos y bellos de su cara y su estatura de modelo. Era bastante irritante, la verdad, que el sueco aquel jugara con las cartas de esa manera y siempre le tocaran tan buenas.

El que mostró rencor una vez más fue Arvid, pero hacia mí.

—¡¡Vete de aquí!! ¡¡No te acerques!! ¡Cada vez que apareces en mi vida me ocurre algo!

—No te veo del todo sereno, Arvid —dije—, ¿por qué no aprovechas y te operas?

Quiso levantarse de la cama para zurrarme, pero Drusia le detuvo.

—Voy a fumarme un pitillo. ¿Tardarás, Christina?

—No lo creo, pero voy a saludar a un par de personas por aquí. ¿Necesitas el coche?

—No, no. Yo aprovecharé para saludar también a alguien.

—Te veo luego en casa.

Salí afuera, crucé la calle y en el arboreto tomé el camino del jardín de cactus. No había nadie. Seguramente el curso había terminado sin que yo me hubiera enterado. A decir verdad, no tenía una noción muy clara de cuánto tiempo había pasado desde mi última visita, aunque me parecía que bastante. Los trabajos de saneamiento y replantación estaban definitivamente concluidos y era evidente que tras ellos Cynthia y las suculentas habían realizado la parte final del proyecto, el etiquetado. Cada especie de cactus estaba identificada con su respectivo cartel clavado en el suelo, *Euphorbia trigona*, *Mammillaria bocasana*, *Parodia magnifica*... Era un trabajo muy bueno, sentí algo parecido al orgullo por la transformación del jardín. Parte del aspecto asilvestrado se había perdido, pero ahora la limpieza, el orden y la redistribución de los espacios enaltecían a cada uno de sus habitantes.

Levanté la vista en la parte más espectacular del hemisferio occidental, donde se concentraban los ejemplares más antiguos y más altos. Saguaros, agaves, drácenas. Muchos de ellos tenían más envergadura que yo, centinelas que protegían a los ejemplares menores, o que, más que protegerlos, los acompañaban. También los pequeños acompañaban silenciosamente a los demás. Nadie se asemejaba a su vecino. Unos eran peludos, otros, arborescentes, otros, columnares y gruesos, otros, espigados y presuntuosos, pero todos parecían estar allí por el mismo motivo, convocados a una misión que solo ellos conocían. Transmitían serenidad. Me hacían sentirme bien sin necesidad de nada más. Me acompañaban, aquellos seres hablaban en un lenguaje que yo comprendía.

Mi sorpresa vino al llegar al extremo del hemisferio oriental, a la parte más profunda del jardín. Dos excavadoras amarillas, no muy grandes, estaban aparcadas en el límite mismo del anillo de eucaliptos, amenazando con sus palas dentadas el interior del jardín. Precisamente en ese lugar, delante de las palas, había instalada una tienda de campaña, y a un lado se alzaba una gran pancarta de tela con la inscripción STOP A.C.G'S CRIME.

—¿Hola? —dije, pero no hubo respuesta. Decidí esperar por allí sentado fumando un pitillo. Fuera Cynthia, fuera alguna suculenta, o fueran ambas a la vez, estaba claro que las responsables de aquella movilización tendrían que aparecer tarde o temprano.

Pasados unos minutos, alguien que había tenido que llegar hasta allí con el máximo sigilo me habló por detrás, a escasos centímetros de mi posición. Me dio un susto de muerte.

—Has vuelto al lugar del crimen. ¿Qué echabas de menos?

Me giré. Era Cynthia, por supuesto, alias *Cynthia Bourbonphila*. Vestía con deportivas y chándal de algodón gris.

—Qué susto, ¿por dónde has venido?

—Estaba en la tienda. Te he oído llegar, pero necesitaba un ratito.

—Ya he visto —dije señalando hacia la pancarta.

—Si alguien quiere destruir este jardín, Tomás, tendrá que pasar por encima de mí. He decidido plantar cara al rector y al consejo de administración. Me da igual todo lo demás.

—No es posible que quieran cargarse esto, está maravilloso.

—Quieren cargárselo, pero veremos si pueden. Este terreno lo adquirieron los fundadores de Stanford y fue su voluntad hacer el jardín. La gente tiene que saberlo. Te aseguro que aquí no está bien visto llevar la contraria a Jane y Leland Stanford.

—Eres una mujer valiente. ¿Estás tú sola?

—¿Ves a alguien más? —ya estaba atemorizándome.

—No.

—La mayoría de las chicas están de vacaciones, pero me ayudarán. Estoy dispuesta a hacer todo el ruido que haga falta para que la gente se entere del crimen que quieren cometer aquí. Ya le he dicho al rector que como una de esas excavadoras toque un solo cactus, le llevo a los tribunales.

Asentí. Me giré para dejar las excavadoras a nuestra espalda y observé el jardín.

—Ha quedado muy bien.

—Y tú ¿dónde has estado, Tomás? De pronto dejamos de interesarte.

—Se complicaron las cosas, la verdad. No sabía que el curso había terminado ya.

—Las chicas hicieron el sábado una fiesta para celebrarlo. Pensaban que te habías vuelto a España, vieron tu apartamento de Escondido Village cerrado.

—Ya. Me vuelvo mañana.

Cynthia asintió. Tuve la impresión de que no le gustaba oír aquella información. Tardó más de la cuenta en decir lo siguiente.

—O sea que venías a despedirte, un último paseo por el Arizona Cactus Garden.

—Así es, pero no es fácil despedirte de estas plantas, están tan quietas que invitan a la quietud —saqué un cigarrillo y le ofrecí también a ella.

Nos sentamos en unas piedras, a la sombra de los aloes gigantes y con un suelo de arcilla expandida que yo mismo había echado.

—Te vi la otra noche en la tele, en el canal de la universidad.

—Ah —dijo, y no pudo disimular cierta sonrisa al expulsar el humo.

—No comprendí mucho. Hablabas de fotosíntesis y eso, pero me hizo ilusión. ¿Lo viste tú?

—Un poco, ya lo han puesto muchas veces, es una charla del año pasado.

—Yo lo vi entero. Eres la primera persona que conozco que sale en la tele.

Cynthia soltó una carcajada, algo insólito en ella.

—¡Cómo eres, Tomás! —pensó un momento—. Te he llamado Tomás, ¿verdad? Ja, ja, ja, tienes más cara de llamarte Tomás que Agustín.

Poco después dije:

—Estoy muy agradecido por vuestra...

—Sáltate los agradecimientos —interrumpió.

No dije nada. Casi era preferible que propusiera ella los temas de conversación.

—¿Por qué te vuelves a España?

—Bien, entre otras cosas porque tengo un billete.

—No es un motivo.

—A mí sí me lo parece.

—¡Pues ese es el problema! —otra vez me regañaba—. Un billete no es un motivo. Tendrás que imaginar cuál es la vida que quieres tener y darle forma tú mismo, con tus decisiones.

—Volver a España es una decisión. La vida que imagino está en España.

—De acuerdo, y ¿cómo la imaginas? ¿Qué imaginas? ¿Qué vas a hacer para conseguirlo? ¿Vas a ser protagonista de tu historia o vas a esperar a que la realidad decida por ti?

—Si yo me salto los agradecimientos, tú también puedes saltarte el consultorio emocional, ¿no crees?

—No es ningún consultorio emocional.

—Muy bien, pues como protagonista de mi vida decido que esta conversación termine ya.

—No es eso. Sé que me entiendes perfectamente. ¿Qué te llevas de vuelta, Agustín? ¿Te vuelves igual que viniste?

Respiré hondo.

—Me llevo menos cosas de las que traje, eso seguro.

Habida cuenta de su mirada, aquella respuesta no debió de parecerle suficiente.

—Te he conocido a ti, a las chicas, a Christina. Y he conocido el fabuloso mundo de la parsimonia, el hieratismo y la paz interior que estas plantas esconden.

—Me alegro —había cierto escepticismo en su mirada—, aunque no sé si hablas con el corazón.

—Claro que sí —sonreí—, claro que sí.

Cynthia asintió silenciosa durante unos segundos. Luego apagó el cigarro en la piedra y se levantó con la colilla en la mano. Mientras caminaba hacia su iglú dijo:

—Aunque no lo parezca, tengo bastantes cosas que hacer. ¿Me ayudas a preparar una pancarta para la otra entrada, la del parking?

—Claro.

Lo de la pancarta tuvo más complicaciones de las previstas, debido a la dificultad que entrañaba encontrar el lugar, la altura y la orientación que satisficieran a Cynthia, o que al menos no le disgustaran absolutamente. Después, nos sentamos a tomar un refrigerio en las sillas de camping junto a su tienda. Sacó unos sándwiches de una neverita y botellas de Isostar. Me habló del curso que, si todo iba bien, quería impartir en ese mismo lugar el verano siguiente. Iba a ser más taxonómico, me dijo, y yo, por supuesto, sería bienvenido.

Después de comer, Cynthia fue un rato a su casa y me dejó a mí de guardia en el jardín. Me explicó lo que tenía que hacer si venían los de las excavadoras o alguno de los medios de comunicación a los que ya había empezado a avisar, pero ninguna de las dos eventualidades le parecían muy probables en aquella tarde.

Abrí la tienda de Cynthia y me eché un rato sobre su saco de dormir. Fue una voz masculina la que me sacó de un sueño muy profundo:

—*Old Leland Had a Farm*, ¿hay alguien?

Un tipo extrañamente repeinado y con pinta de sabiondo estaba allí plantado junto a las sillas. Al parecer trabajaba para la web estudiantil *Old Leland Had a Farm* y quería informar sobre lo que estaba ocurriendo en el Arizona Cactus Garden. Salí y le dije que tenía que esperar a que volviera Cynthia, pero consultó la hora en su teléfono móvil y dijo que no podía quedarse. No debía de pasar de los veinte años. Me sacaba por lo menos una cabeza.

—A las siete hay entrenamiento de las chicas de baloncesto —fue su argumento de peso.

—¿Y si vuelves después?

—¿Tienes alguna relación con el *eisiyi*?

Tardé en comprender lo que era el *eisiyi*. A nadie le gustan más las siglas que a los americanos.

—He trabajado aquí este verano. Bueno, en realidad ha sido un curso. Un grupo de estudiantes hemos dedicado muchas horas a la mejora de este jardín.

—¿Eres estudiante de Stanford? —evidentemente no daba el perfil—. ¿Podrías contarme lo que es el *eisiyi* y por qué os oponéis a su destrucción?

—No soy la persona indicada, te lo aseguro.

—Voy a grabarte. ¿Te importa mirarme a mí cuando hables? Olvídate de los movimientos de mi mano.

El tipo estiró el brazo y empezó a grabarme con su teléfono. Es increíble el provecho que pueden sacarle estos chicos a un teléfono móvil.

—Dime.

—Qué te digo.

—Lo que hemos dicho. Háblame del jardín.

—No estoy preparado para esto. Espérate media hora, muchacho.

—No puedo esperar. Nosotros no esperamos a la noticia, vamos a los sitios y contamos la noticia tal como ocurre en ese momento. Es la filosofía de nuestro *site*.

—Ya, pues la única noticia aquí es que yo no hablo de cactus.

—No quieres ayudar al jardín.

—Joder —el tío era perseverante.

—Empieza ahora si quieres, el *eisiyi*.

—¡Pero pregúntame algo más concreto!

—Bueno, dime por qué os oponéis a la destrucción del Arizona Cactus Garden.

Pensé un momento.

—Eh...

—A mí, mírame a mí. Cuando quieras.

Hice un gran esfuerzo, sin saber muy bien el motivo, más que nada arrastrado por el tesón de aquel chico.

—Verás, muchacho, cuenta una leyenda inca del norte de Argentina que los cardones, unos cactus gigantes y solitarios que abundan en los valles de los Andes, son indios convertidos en plantas que todavía vigilan el tránsito por los valles —esta era la historia que me había contado Tse la noche en que le dejé ganarme al ping-pong—. Al parecer, el último emperador de los incas ideó un plan para luchar contra los conquistadores españoles. Mandó a los más fuertes de sus guerreros a lugares estratégicos por donde tendrían que pasar los invasores, con el fin de atacarlos por sorpresa cuando recibieran la orden. Los guerreros se encaminaron a sus puestos y esperaron pacientemente. Veían pasar las tropas españolas, pero no podían atacarlas hasta que no tuvieran la orden del emperador, y, ay, amigo, la orden nunca llegó, porque los correos que debían transmitirla fueron capturados en el camino, y los invasores apresaron al emperador, torturándolo y matándolo. Entre tanto, los guerreros indios, tan sorprendidos como fieles y resistentes, esperaron y esperaron en sus enclaves. Pasaron los meses y los años y aquellos últimos testigos del Imperio inca se fueron adormeciendo, sus pies se unieron a la arcilla y la Madre Tierra los cubrió de espinas, para que nadie los atacara cuando dormían. La leyenda dice que, todavía hoy, estos vigilantes imperturbables esperan la orden para atacar.

—No sé si voy a poder poner todo esto —dijo el chico. Es probable que pensara que yo había terminado ya, o que me alentara a la concreción, pero le ignoré por completo.

—Bien, me gustaría que enfocaras a cualquiera de las increíbles plantas que nos rodean. ¿Sabes dónde estaban estos cactus cuando tú naciste? ¿Sabes dónde estaban cuando nací yo, o, para que lo entiendas mejor, cuando nació Mr. Apple?

Detecté extrañeza en la mirada del chico.

—¿No se llamaba así?

—¿Quién?

—¿El de los ordenadores Apple?

—Steve Jobs.

—Bueno, pues ¿sabes dónde estaban estos cactus cuando ese tipo creó sus ordenadores? ¿Y cuando los señores Hewlett y Packard se metieron en un garaje?

El chico hizo un gesto con la mano izquierda, como pidiéndome ya una respuesta.

—Estaban aquí. Ese cactus, ese otro grande que ves allí, aquellos. Estaban aquí. Estas plantas han vivido dos cambios de siglo, han visto la Segunda Guerra Mundial, la Primera, el terremoto de principios del siglo xx que tiró la mitad de los edificios de Stanford, el de 1989, lo han visto todo. Cuando los fundadores de la universidad, Jane y Leland, plantaron estos cactus en 1880, en Estados Unidos todavía existía el esclavismo, y la guerra civil entre el norte y el sur no había terminado. ¿Qué te parece?

El chico no dijo nada. Movía el móvil buscando nuevos enfoques tanto del jardín como de mi cara. Estaba claro que iba a ser el típico reportaje en que la cámara no para quieta ni medio segundo.

—Bueno, pues ahora llegamos nosotros, tan listos, tan tecnológicos, y queremos cargarnos el jardín, claro, es lógico, necesitamos más zonas deportivas para que nuestros jóvenes puedan sudar y ejercitarse a sus anchas. Adiós cactus. Traemos las excavadoras, los arrancamos y solucionado. Adiós a los ciento treinta años de historia de estas plantas, adiós a los guerreros de pies de arcilla, adiós a su callada y digna presencia. ¿Digna? ¿Acaso la dignidad, la permanencia significan algo para nosotros?

Estaba lanzado, pero el chico parecía sufrir alguna incidencia técnica en su móvil. Continué cuando la solucionó:

—Las espinas, las sedas, la savia irritante, los relieves angulosos y enrevesados son mecanismos perfectos de protección. Estas plantas saben defenderse de los animales que quieren quitarles su agua, de los parásitos, de la temible evaporación, del calor y sobre todo del sol. Pero, claro, ninguno de estos mecanismos puede con la arrogancia y fuerza bruta de nuestras excavadoras. Es fácil destruir el jardín, hoy en día lo destruimos todo. Sin embargo, nos equivocamos al hacerlo. Eres muy joven, chico, pero estas plantas pueden enseñarnos muchas cosas sobre nosotros mismos. Su ritmo, su respiración pausada, el secreto de su interior que tanto salvaguardan, su crecimiento lento e indiferente a las velocidades ajenas... Ya no sabemos lo que es la identidad porque no hay nada idéntico en nuestras vidas, no hay nada que perdure, todo es cambio, profusión, dispersión. Miremos a los cactus, aprendamos de ellos. Creo que las personas que han decidido cargarse el Arizona Cactus Garden deberían venir aquí y mirar a estas plantas cara a cara. Estar aquí un rato sentadas observándolas. Ver en su piel las huellas del tiempo. Ver su inmutabilidad. Su fortaleza. Su verdad. Y no olvidar lo más importante: son seres vivos, tienen una sabiduría del mundo a la que nosotros no podemos ni aspirar. Es lo único que pido, que esas personas vengan aquí y miren a los cactus cara a cara. Y después, cuando vuelvan a su casa o a su despacho, que miren la huella que les han dejado a ellos. Quizá entonces decidan algo distinto para este jardín.

Tenía serias dudas de que el tipo me estuviera haciendo caso. Miraba solo al extremo de su brazo estirado, donde estaba su móvil.

—¿Ya? —pregunté.

—Perdón —se acercó el móvil, tocó la pantalla, carraspeó y, ahora sí, me miró—. Está muy bien, pero quizá deberías ser un poco más concreto, a ver, ha habido un problemilla con la grabación, pero, en fin, creo que puede valer.

—¿Vale o no? ¿Qué significa eso de que puede valer?

—Se ha cortado, pero usaremos algún trocillo.

—¿Algún trocillo? Oye, muchacho, ¿tú crees que esa es manera de hacer las cosas?

—Lo siento, es que no tengo tiempo ahora.

—¿No tienes tiempo? Pues yo sí, otra cosa no tendremos aquí, pero tiempo tenemos de sobra —le miré con la máxima gravedad—. ¡Graba otra vez, por favor, y hazlo bien!

El pobre chico no tuvo más remedio que plegar velas. Trasteó un poco más con el móvil y me hizo una indicación para que empezara de nuevo. Como un experto naturalista divulgador, me puse en cuclillas junto a un cactus cilíndrico no muy alto y quise soltar un rollo parecido al anterior. No me salió. Lo intenté varias veces, pero en ningún caso lo conseguí.

El chico dijo que había quedado magnífico, y, creo que temeroso de que quisiera comprobar la grabación, dio un paso hacia atrás y pisó una de las hojas de un agave, que parecía bastante seca. Levantó el pie asustado.

—Bueno, creo que estaba seca —dijo.

—Muchacho, no desprecies a nadie. Hasta los postes telefónicos llevan savia por dentro.

Cynthia regresó a la caída de la tarde. Pasamos la velada bebiendo *bourbon,* pero por algún motivo la encontré un tanto apagada, seria, quizá triste, quizá preocupada por algo. Ya era casi de noche cuando me dijo que se iba a meter un momento en su tienda, pensé que para cambiarse de jersey o algo así. Me quedé sentado al fresco. Mirando hacia el oeste todavía podían verse en el cielo una gama de tonos azulados y, sobre ellos, las formas recortadas de los cactus más altos, siluetas negras e inciertas de cuya veracidad cabía dudar. Seguramente aquel era el momento de marcharse, pero la posibilidad de iniciar una caminata hasta la casa de Christina, que se suponía me esperaba, se me antojaba más que compleja a aquellas horas.

—Voy al baño —dije entonces bien alto, para que Cynthia me oyera.

Sonó su voz grave desde el interior de la tienda.

—Pues al arboreto, lo más lejos posible.

Cuando regresé, ella seguía dentro. Me acerqué a la pared de tela.

—Cynthia, me voy ya, solo quería despedirme.

No sé por qué, en la forma en que subió la cremallera de la tienda intuí algo extrañamente provocador.

—¿Te vas? —dijo. Le llevó un rato ponerse de pie y estirarse del todo.

—Sí. Me está esperando Christina, allí tengo el billete para mañana.

—En mi tienda caben dos personas.

—Ya..., gracias.

—¿No crees que hay algo que te falta por cerrar en este jardín?

Me quedé momentáneamente sin palabras. ¿Me estaba vacilando de nuevo? ¿Estaba insinuándose de verdad? Ella, Cynthia, la bióloga, la profesora, la bebedora de *bourbon,* la insolente pertinaz, la mujer sincera y truculenta a la vez, el ser más valiente y digno que había conocido en Estados Unidos, ¿se había enamorado de mi parte femenina o qué demonios le pasaba?

—Cynthia, creo que no he pasado el suficiente tiempo contigo para saber cuándo me estás vacilando y cuándo no.

Me miró imperturbable. Al final, esta mujer siempre conseguía anonadarme en cierto sentido.

—No sé, estoy conmocionado —dije, y me senté otra vez en la silla—, necesitaría charlar unos momentos.

—¿De qué quieres charlar?

—¿De la fotosíntesis quizá?

No le hizo gracia.

—Levanta, anda —agitó las llaves de su coche en alto, mientras caminaba hacia el parking—. Te llevo.

Apenas hablamos en el trayecto. Aquella insospechada inclinación de Cynthia por mí me intimidaba más que cualquiera de sus impertinencias. Oía perfectamente su respiración nasal mientras conducía. Además, había un extraño olor como a cebolla. Sin necesidad de preguntarlo, me explicó un rato después que usaba un ambientador natural de aloe vera, un poco fuerte, pero muy bueno.

—Eres muy amable por traerme.

Negó brevemente con la cabeza. Por un momento me dediqué a pensar en cómo se comportaría aquella mujer en la intimidad, qué sorpresas podrían haberme aguardado en el interior de su tienda de campaña. ¿Sería, como cabía esperar, aficionada a técnicas poco ortodoxas? ¿Me habría iniciado en la práctica del sadomaso? ¿Amagaría con estrangularme en el momento culminante?

Paró el coche delante de casa de Christina y se giró hacia el asiento trasero, donde tenía algo.

—Te he traído una cosa. Las chicas te lo prepararon. Querían regalártelo el día de la fiesta de despedida.

Me entregó un paquete alargado. Quité el papel y saqué el regalo. Era uno de aquellos cartelitos que se clavaban en el suelo para identificar los cactus. En el cartel habían pegado una foto mía de carnet, supongo que la misma que yo había entregado a Cynthia en mi ficha de inscripción en el curso, y con letras muy botánicas habían escrito:

Accommodatus microsperma

Me reí.

—¿Por qué microsperma? —pregunté.

Se encogió de hombros con elocuencia.

—Ya sabes cómo son. En realidad, es una palabra latina, significa «con pequeñas semillas».

Estaba empezando a emocionarme, lo noté.

—Dales las gracias de mi parte. Son unas chicas magníficas.

—Lo son.

—Lo pondré en mi sepultura, puede quedar muy bien.

—No, por favor —dijo riendo.

Nos quedamos en silencio. Yo no podía apartar la vista del cartel, pero tampoco sabía qué más decir.

—Agustín... —Cynthia abrió los brazos por encima del freno de mano. Me incliné hacia ella y nos abrazamos—. Me da mucha pena que te marches.

Los ojos se me llenaron de calor, estaba a punto de derrumbarme. Hice un esfuerzo de concentración máximo. Nunca hubiera imaginado que despedirme de aquella mujer iba a producirme tales sentimientos.

—Siempre que quieras volver te recibiré con los brazos abiertos —dijo; ahora me apretaba con tanta fuerza que prácticamente me quitó las ganas de llorar.

—Y me despedirás con los brazos cerrados —dije con voz ahogada.

Aprovechó su propia risa para soltarme, pero ya no me miró más. Solo miraba al frente, agarrada al volante, mientras su melena faraónica oscilaba sutilmente de un lado a otro.

Me bajé y esperé a que el pequeño Chevrolet, borroso y deformado, desapareciera por el fondo de la calle.

Christina estaba en el porche con un invitado. Era un tipo alto, de abundante cabello cano, piel tostada y cierto aire hindú en los rasgos. Al parecer era médico en el hospital de Stanford.

—Agustín, bienvenido, te presento a mi amigo Harry.

A escasas horas de mi partida, aquello, la perspectiva de congeniar con una nueva amistad de Christina, me daba una pereza extraordinaria. Era un hombre educado y elegante.

—¿Qué ha pasado con el sueco? —pregunté cuando Christina me dio mi copa.

—Ah, supongo que sigue vivo —dijo ella sentándose de nuevo junto al médico.

La velada no consiguió en ningún momento evocar otras veladas pasadas. Desde luego, yo no tenía la mente en mi viaje de vuelta, pero tampoco las conversaciones de Christina y el doctor conseguían suscitar mi participación.

—¿Qué me importa a mí lo que le ocurra a la Tierra dentro de un millón de años o lo que le ocurra dentro de cincuenta años?

—Sé que lo estás diciendo para provocarme, Christina.

En el jardín, una forma oscura en la parte más alejada del magnolio me llamó la atención. ¿Qué demonios era aquello? ¿Era Tse colgando de una soga al cuello, alejado definitivamente de la Madre Tierra, desengañado del mundo y de la humanidad? No, una breve ráfaga de viento agitó el árbol y salí de mi equívoco: era una rama partida la que se movía como un péndulo. Me quedé un rato obnubilado con las formas oscuras, cada vez más ricas, que creaban las rígidas hojas del magnolio. ¿Por qué no era capaz de imaginar otro destino para Tse? Probablemente el navajo tuviera ganas de hacer daño a esa civilización de la que nunca se había sentido miembro, pero la única manera que hallaba, tal como lo imaginaba yo, era hacerse daño también a sí mismo.

En algún momento, el doctor Harry se levantó y habló con vehemencia a Christina.

—La población de Estados Unidos representa el tres por ciento de la población mundial, y sin embargo ese tres por ciento utiliza el veinticinco por ciento de la energía que se consume mundialmente. A mí, como americano, me da vergüenza —se estiró los pantalones con nervio—. Puede que nada importe, puede que tu escepticismo sea la actitud más coherente, pero yo no puedo dejar de pensar en mis hijos, en mis nietos, en los hijos de mis nietos. No sé cómo puedes vivir sin esperanza, Christina, sin un horizonte que dé un poco de sentido a esta vida —y sin dar tiempo a que Christina respondiera, añadió—: Si me lo permites, te mostraré algo.

Se dirigió hacia el interior con determinación, aunque lógicamente no llegó muy lejos: la mosquitera frenó de golpe sus intenciones y cayó al suelo. La palabra «horizonte» todavía resonaba en mi cabeza mientras veía al nuevo ejemplar allí postrado, ahora intentando levantarse a cuatro patas.

Lo subsiguiente no difirió demasiado de anteriores casos. Christina, tan divertida como solícita, le atendió siguiendo el protocolo habitual. El médico se había hecho un rasguño en la frente, y aunque riñó a Christina por utilizar algodón en lugar de gasas para limpiar la herida, se apuntó complacido a la idea de que nada le curaría mejor que una nueva copa.

Aproveché el momento en que Christina preparaba el combinado y el doctor Harry visitaba el baño para retirarme discretamente a dormir. Sabía que el cuarto de la planta baja, el mismo que me recibió en mi primera noche en casa de Christina, estaba libre.

Me despertó Rowena, con mi billete en la mano. Christina se había ido a nadar y le había encomendado la labor de avisarme con tiempo y llevarme al aeropuerto. Tse también se apuntó al trayecto. Iba en el asiento del acompañante, yo detrás.

—Los cactus que plantaste en la esquina no están bien.

—No te preocupes.

—Ahí tienen sombra todo el día.

—Bueno.

—Y mucha humedad. Se van a pudrir.

—Quizá es más lógico así.

—Tendrías que haberlos plantado en un sitio con sol.

Pensé que si no replicaba, quizá Tse dejaría de incidir en el tema.

—Los cactus están hechos para resistir el sol, no la humedad —añadió, pero se quedó unos segundos en silencio.

Consideré que era mi oportunidad de cambiar de tema.

—¿Se pasa por San Francisco para ir al aeropuerto? —pregunté a Rowena, por decir algo, aunque suponía cuál era la respuesta.

—No —dijo ella—. San Francisco está más allá.

—Lástima, me encantaría volver a ver la niebla, aunque fuera desde el coche.

—No da tiempo —dijo Rowena.

—Bueno —concluí—, no tiene importancia.

Tse necesitó tres o cuatro minutos para incorporarse a esa conversación.

—No me gusta San Francisco —dijo, y calló de nuevo. Saber a qué clase de pensamientos se dedicaba su mente en los largos silencios con que trufaba sus intervenciones resultaba imposible, e incluso suponer que realmente había pensamientos era suponer mucho—. Está hecha para gustar. Las cosas que te tienen que gustar por obligación no me gustan. ¿Es bonito un árbol?

—¿Un árbol?

—¿Por qué tiene que haber cosas bonitas y cosas que no lo son? ¿Quién lo decide? Phoenix es feo, San Francisco es bonito. A mí me gusta más Phoenix.

—Ya.

—¿Hay árboles feos?

—Supongo que no —dije, aunque creo que en realidad mis respuestas influían poco en su discurso.

—¿Por qué te gustan más unos cactus que otros?

—Ya. Entiendo por dónde vas.

—Las nubes. ¿Están hechas para gustar? ¿Qué le importa a la nube parecerle bonita a un ser humano?

—¿Y las mujeres, Tse? ¿Qué me dices a eso? ¿También te parecen todas iguales?

—No. Las que están hechas para gustar no me gustan.

—Lo suponía.

Rowena permanecía tan ajena a nuestra conversación como a las vicisitudes de la carretera. Conducía de manera rutinaria, con la mirada aparentemente perdida en el infinito. Ni siquiera el refulgir del sol en el blanquecino asfalto de la autopista 101 parecía incomodarle. Miré por la ventanilla. Nada era bonito en el entorno de aquella carretera, o, como diría Tse, nada estaba hecho para gustar. Me llamó la atención una zona verde, perfectamente acotada con una hilera de árboles, que sí estaba hecha para gustar. Pegado a la carretera podía leerse el cartel: LIVE LIFE, LIVE HERE, y debajo el nombre de los apartamentos que se alquilaban.

—Las cosas que valen la pena son las que no sirven para conseguir nada más —dije entonces yo—. La vida es suficiente si tiene unas cuantas de estas cosas. Ahora mismo, por ejemplo, este momento me gusta porque no he hecho nada para alcanzarlo y porque tampoco me servirá para conseguir ninguna otra cosa.

—Las montañas ¿son bonitas? ¿Quién lo decide? —dijo Tse.

En seguida Rowena fue desviándose por los haces de carriles que se abrían a la derecha en dirección al aeropuerto. Me impresionó la cantidad de coches que se movían en aquel enrevesado nudo de puentes curvilíneos.

—Es aquí —dijo Rowena, delante de un edificio plano de apariencia mucho más discreta que todos los puentes que acabábamos de atravesar.

—Bueno —dije, y como comprobé que Rowena y Tse no tenían intención de bajarse del coche, fui yo quien lo hizo. Ni siquiera tenía equipaje. La bolsa de plástico con el neceser y con las pastillas Tylenol se había quedado en el motel. En cuanto al cartelito que me habían regalado las suculentas, ignoraba dónde lo había dejado.

Abrí la puerta de Tse. Creo que el indio seguía pensando algo.

—Os pido un abrazo de despedida —les dije a los dos—. ¿Creéis que podréis concedérmelo?

Aquello les costó más de lo razonable. Se miraron, bajaron del coche con desgana y se juntaron delante del morro. Entonces, con actitud cohibida, y también un tanto resignada, se dieron un abrazo sin dejar de mirarme. Me pareció tan divertido que no quise resolver el equívoco. Levanté el brazo en señal de despedida y me di la vuelta.

Entré en la terminal con las manos en los bolsillos.

Este libro se terminó
de imprimir en
Móstoles (Madrid),
en el mes de
febrero de 2015